Ida B

© **2004 by Khatherine Hannigan**
First Published by Greenwillow Books/HarperCollins
Translation rights arranged by Pippin Properties, Inc. and Sandra
bruna Agencia Literaria, S.L.

Titulo original: Ida B

©2005 Editorial entreLIbros, S.L. Barcelona.
entrelibroseditorial.com
Derechos exclusivos de edición en español
reservados para todo el mundo.
Traducción: Alberto Jiménez Rioja

**Este libro ha sido impreso con papel 100% reciclado y procesado
sin cloruro**

Primera edición: diciembre 2005

Impreso en España- Printed in Spain
Impreso en Romanya
ISBN: 84-96517-09-8
Depósito legal: B-46.120 - 2005

Ida B

...y sus planes para potenciar la diversión,
evitar desastres y
(posiblemente) salvar el mundo.

Katherine Hannigan

Traducción: Alberto Jiménez Rioja

entre libros
Barcelona

Para las colinas y los árboles,
el viento y los ríos, y las estrellas.
Y para Victor.
Siempre... K.H.

Este libro pertenece a:

. . . .

Capítulo 1

—Ida B —me dijo mamá uno de esos días que empiezan bien y siguen perfeccionándose hasta que te vas a dormir—, cuando acabes con los platos, puedes ir a jugar. Papá y yo vamos a trabajar hasta la hora de la cena.

—Vale, ma —contesté, aunque más bien dije:

—Vale, ¡maummm! —porque me moría de ganas por empezar a hacer mis cosas. Ya escuchaba llamarme al arroyo a través del mosquitero:

—¡Sal a jugar, Ida B! ¡Date prisa, date prisa, date prisa!

Había tres sitios a los que quería ir, seis cosas que quería hacer y dos conversaciones que esperaba mantener antes de la cena.

Mamá lavaba, papá secaba y yo guardaba los platos de la comida. Sabía que en el momento en que pusiera la última cazuela en su sitio, sería libre. Pero con la forma de charlar, de reír y de comportarse de esos dos, teníamos hasta la semana que viene. La cosa iba para largo.

Mis tripas empezaron a rabiar y mis pies a brincar, uno detrás del otro, porque hacía ya diez minutos que estaban preparados para salir. Por eso intenté acelerar las cosas un poquito.

Papá me había dado un plato: me precipité al armario y lo metí, volví a su lado al corre que te corre y tendí la mano para agarrar el siguiente, con el pie derecho tac, tac, taconeando los segundos que se perdían.

—¡Un momentito! Ida B —me dijo papá—. Hay tiempo de sobra para.que hagas lo que tengas planeado.

Y me pasó un plato, despacio y sin la menor prisa.

En fin, eso me paró en seco. Porque lo que papá dijo le parecería bien a él, pero a mí me parecía rematadamente fatal. Era incapaz de colocar una sola cuchara más en su lugar hasta que aclarara el asunto:

—Papá —dije, y esperé a que me mirara antes de continuar.

—Dime, Ida B —contestó, volviéndose hacia mí.

Y mirándole directamente a los ojos le dije:

—Nunca hay bastante tiempo para divertirse.

Los ojos de papá se abrieron a más no poder y, durante medio segundo, me pregunté si me habría metido en un buen lío. Pero entonces los extremos de su boca se curvaron hacia arriba, una chispa.

—¡Ida B! —le dijo al techo mientras meneaba la cabeza.

—Mmmmmm —dijo mamá; era el sonido de una sonrisa, si una sonrisa sonara.

Y tan pronto como papá me pasó la sartén grande, la metí en el cajón que está junto al horno y me puse en marcha.

—¡Vamos, Rufus! —grité al viejo perro de orejas caídas de papá, que echaba una siestecita bajo la mesa—. Puedes venir también, así tendrás compañía.

Vaya, un banco de pececitos de colores podría nadar en la charca de babas que organiza este perro cuando duerme. Pero en cuanto oyó su nombre y me vio dirigirme a la salida, saltó, escupió la baba extra de su boca y, en dos segundos y medio, ya estaba esperándome en la puerta trasera.

Capítulo 2

Al salir de casa agarré un lápiz y el papel necesario para hacer cuatro dibujos buenos y uno malo; y en el bolsillo derecho de los pantalones guardé cuerda para atar los palos de las balsas que hacía y enviaba por el arroyo con notas atadas que decían cosas así:

> *¿Cómo es la vida en Canadá?*
> *Responda, por favor.*
>
> *Ida B. Applewood*
> *P.O. Box 42*
> *Lawson's Grove, Wisconsin 55500*

O:

Si esta balsa llega al océano, ¿nos lo puede comunicar?, por favor.
Muchas gracias.

Balsas Appelwood
Compañía Constructora
P.O. Box 42
Lawson's Grove, Wisconsin 55500

Yo creo que alguna balsa acabará en uno de esos dos sitios, pero aún no ha llegado a mis oídos nada que lo confirme. Lo único que he conseguido es que un tipo de Roaring Forks llamara a papá y mamá para decirles que yo mandaba notas con mi nombre y dirección, y que ellos deberían quitarme tales ideas de la cabeza.

Y una maestra de Myers Falls, el pueblo más cercano, se apropió de una de mis notas e hizo que sus alumnos averiguaran cosas de Canadá. Cosas aburridas como: "Tiene treinta y dos millones de habitantes" y "algunos de los productos que más exporta Canadá son la madera y el aluminio"; y me enviaron todos esos datos y cifras en un sobre.

Mamá me obligó a remitirles una nota de agradecimiento, así que dibujé a un agente de la Policía Montada con la reina de Inglaterra en brazos dentro de un tonel de madera que se dirigía a las cataratas del Niágara; policía y reina agitaban hojas, de madera de arce y aluminio, y se reían a lo loco.

—Muchas gracias por la información —escribí—. Esperemos que en Canadá también se diviertan. Saludos cordiales de Ida B. Applewood.

Bien, pues tenía la cuerda, el papel, el perro de papá y tres chicles, así que podía hacer un globo tan grande como mi cara, tomando la precaución de alejarme de Rufus, porque la última vez que estuvo cerca de uno de esos le estuvimos quitando goma rosa del pelo durante un mes. Y me dirigí al huerto de manzanos.

—Hola, Beulah. Hola, Charlie. Hola, Pastel —dije, porque esos eran algunos de los nombres que le había puesto a los árboles. Todos los manzanos estaban llenos de flores, y si te parabas en medio podías oler su belleza, que no era tan fuerte como para que te molestara.

Ya estaba sentada bajo Enrique VIII, con un dibujo que había empezado el día anterior. Era del huerto después de la recolección, con cestos de manzanas bajo los árboles. Allí estábamos mamá, papá, yo, Lulú la gata y Rufus, cada uno sentado bajo su propio árbol, comiendo pastel de manzana. Estaba dibujando a Rufus, recubierto con una mezcla de baba y migas, al que Lulú lanzaba una mirada de absoluta repulsión, cuando me di cuenta de que ninguno de los árboles me había devuelvo el saludo.

Bueno, en este momento, alguien podría tener la ocurrencia de interrumpirme y decir:

—Ida B, puedes esperar toda la eternidad y un día, y ni por esas te van a hablar los árboles, y el arroyo no digamos. Los árboles no tienen bocas, y no hablan, y tú deberías ir al médico y pasar un reconocimiento completo lo antes posible.

Después de esperar un minuto para dar ocasión a mi paciencia y a mi tolerancia de controlar mi boca, y evitar soltar la grosería que rabiaría por soltar, me limitaría a decir lo siguiente:

—Hay más de una forma de decir las cosas, y hay más de una forma de escucharlas. Y si nunca has oído lo que te dice un árbol es porque no sabes escuchar. Pero me complacerá darte unas sugerencias algún día.

Para dar a esos árboles otra oportunidad de contestar, chillé:

—¡Que he os he dicho "hola" a todos! ¡¿Es que no me habéis oído?!

Pero en lugar del habitual coro de "holas" y "qué tales", sólo Viola preguntó:

—¿Qué vas a hacer hoy, Ida B?

—Disfrutar de este día que es casi perfecto —contesté—. ¿Qué le pasa a todo el mundo? ¿Por qué estáis tan callados?

Ellos siguieron en silencio. Incluso los gritones. Los groseros en especial.

—¡Eh! ¡¿Pero qué os pasa?! —aullé.

Por último, oí que Gertrudis susurraba:

—¡Díselo, Viola!

—De acuerdo —contestó Viola también en susurros, con mucha discreción.

Viola carraspeó y tragó durante un ratito.

—Bueno... —empezó, y—: Mmmm... aaah... ummm... —lo volvió a intentar hasta que consiguió que le saliera algo—: Ida B, ¿cómo van las cosas en tu casa? ¿Cómo está tu fam...

Pero antes de que pudiera acabar, el gamberro de Paulie T. ya estaba interrumpiendo:

—Nos ha llegado el rumor de que va a ocurrir algo malo, Ida B.

Si los árboles pudieran sonreír como calabazas de Halloween con malas intenciones, así hubiera sonreído Paulie T. en aquel momento.

—¿Y a ti quién te ha dicho eso, Paulie T.? —pregunté, porque yo no le confiaría ni un dedal de agua, así que la verdad no digamos.

—Yo no revelo mis fuentes —contestó.

—¿Has oído tú algo, Viola? ¿Y tú qué dices, Beatriz? ¿O es que Paulie T. va por libre?

—No le hagas ni caso, Ida B —me dijo Viola—. Le hemos oído algo al viento, algo acerca de una tormenta que se dirige hacia tu casa, y todos estábamos comentándolo y confiando que estuvieras bien. Eso es todo.

—Hoy no va a haber ninguna tormenta —dije yo—. ¿No veis el buen día que hace?

—Debes ser precavida, Ida B —añadió Viola. En ese momento todos se limitaron a quedarse allí plantados, como si se hubieran dormido de pie.

Bueno, ya me estaba cansando de sentirme sola entre aquel grupo, y me fastidiaba que Paulie T. se divirtiera a mi costa.

—Pues vale, me iré a pasarlo bien a otro sitio —dije.

Nadie dijo ni pío.

*   *   *

En cuanto Rufus y yo llegamos al arroyo, pregunté:

—¿Has oído decir algo acerca de mí y algún problema?

—¿Has traído las balsas? ¿Vamos a jugar? Prepáralas y dámelas. Vamos a jugar, Ida B —dijo el arroyo, ignorando mi pregunta.

—Dentro de un minuto. Antes quiero saber si has oído decir algo sobre algún problema que voy a tener.

—¡Pero qué barbaridad, cómo pasa el tiempo! —replicó el arroyo—. ¡Llego tarde a una cita, Ida B! ¡Me tengo que ir, me tengo que ir!

—¡Más vale que hables con el árbol anciano! —gritó mientras seguía su curso—. Sip, sip, es una buena idea —añadió; saltó sobre las rocas y rodeando la montaña se perdió de vista.

Ay, bueno, por aquel entonces casi se me había agotado la paciencia con todos ellos. Pero lo de hablar con el árbol anciano era un buen consejo, así que le di mucha importancia a la mala educación del arroyo.

* * *

Rufus y yo trepamos por la montaña (en realidad no es una montaña, pero es más grande que una "colina") hasta que llegamos al árbol anciano que no tiene hojas ni casi corteza. La gente cree que ese árbol blanco y deshojado está muerto, pero no lo está; lo que pasa es que es viejo reviejo. Casi nunca habla y, si lo hace, te toca esperar un buen rato. Pero cuando habla da gusto escucharlo, porque es sabio resabio. Y siempre dice la verdad, no como algunos árboles jóvenes que sólo te dicen lo que quieres oír o se creen muy, muy listos.

Cuando estuvimos frente al árbol anciano, dije:

—Corre un rumor por ahí que afirma que voy a tener problemas. Lo dice Paulie T., y usted y yo sabemos que su palabra no vale ni dos peniques falsos. Pero, me estaba preguntando... ¿hay algo que deba saber?

Entonces trepé por el árbol, y Rufus se tumbó en la base del tronco. Apoyé la cabeza sobre una rama, cerré los ojos y me preparé para escuchar a mis tripas, porque eso es lo que hay que hacer con ese árbol en particular.

Estuve sentada allí bastante rato, sin que nada me molestara. La rama en que apoyaba mi cara era cálida y suave, y el día continuaba siendo de esos en los que nada puede ir mal. Estaba empezando a pensar que Paulie T. sólo había querido tomarme el pelo, cuando de sopetón sentí un frío por dentro y vi una nube oscura frente a mis ojos cerrados.

Y capté el mensaje, aunque no con palabras. Ese árbol te comunica cosas, esas cosas van al corazón, encuentran el camino para subir a la cabeza y, una vez allí, se transforman en palabras. Por lo menos así creo que funciona. Si tuviera que expresarlo con palabras, diría que el árbol me había dicho:

—Llegan malos tiempos.

Vaya, abrí los ojos para no tener que contemplar más la oscuridad y salté del árbol sin mirar, aterrizando en parte sobre Rufus-Fábrica-de-Saliva, porque sentí como si me hubiera atravesado una corriente eléctrica.

—¿Cómo? —pregunté—. ¿Qué ha dicho?

Pero el árbol anciano, además de que tarda en hablar, no repite. Se limitó a quedarse allí, como habían hecho los manzanos.

—¿Quiere decirme que Paulie T. tiene razón? ¿Voy a tener problemas?

Sabía que no iba a obtener respuesta. Y en un día como aquel, con un sol espléndido, cuatro horas antes de cenar y siete cosas más en mi Lista de Cosas Divertidas por Hacer, hice lo único que me pareció sensato. Decidí que quizá el árbol anciano no razonaba ya con tanta claridad como hacía unos años. Estar de acuerdo con Paulie T. era síntoma de que algo no le funcionaba bien. Pero yo quería ser respetuosa y no decir nada ofensivo.

—¡Bueno, gracias por ayudarme! —aullé mientras empezaba a correr (colina abajo, por el arroyo, cruzando el huerto, y así hasta llegar a casa).

Acabé el dibujo en mi habitación, segura y protegida, sólo por si acaso se desataba una tormenta.

Exceptuando que para cenar hubo alubias con coles de Bruselas, no ocurrió nada digno de mencionar aquella noche ni al día siguiente. Dos días más tarde hubo una tormenta, con truenos y relámpagos. Se organizó un jaleo tremebundo, las ramas y las hojas volaron a lo loco, y Lulú se escondió bajo la cama fingiendo que no sentía pavor, sino simple y llana curiosidad por las bolas de pelusa.

Y si esto, pensaba yo, era de lo que hablaban los árboles, entonces había ninguna necesidad, de darle más vueltas al asunto.

Capítulo 3

"Idabé". Así suena el modo en que me llaman mamá y papá, y todos los que me conocen bien. Mi mamá se llama Ida, y aunque nuestros nombres son prácticamente idénticos, mi papá dice que son muy diferentes.

La mayor parte de las veces que papá dice "Ida B", lo dice rápido y sonriendo, y su tono sube y baja a toda velocidad, como cuando marcas con el pie el ritmo de una música alegre. Pero cuando dice "Ida", ese nombre se estira y se extiende, sin bordes ásperos ni giros bruscos. "Iiii-daa", dice, y su aliento recorre la habitación, se desliza por los hombros de mamá, recorre su cintura, y continúa de acá para allá para que todo el mundo pueda envolverse en su cálida suavidad. Cuando el sonido se acaba, aún continúas escuchándolo, y sonríes sólo porque alguien ha dicho la palabra "Ida", que ni siquiera es el nombre más bonito del mundo.

Las veces que en casa no me llaman "Ida B" es que me he metido en líos. Si ese es el caso —y ha ocurrido en una ocasión o dos—, mis padres me gritan "IDA B. APPLEWOOD" y separan las palabras, como si les hubieran dado martillazos:

—IDA... B... APPLEWOOD... ¿Dónde te has metido? ¡Ven a casa ahora mismo!

Entonces, esté donde esté, sentada bajo el árbol anciano de la montaña o construyendo un dique en el arroyo, digo:

—Vaya, esa soy yo. Supongo que debería irme.

Si estoy en el huerto, los manzanos más viejos me suelen decir:

—Más vale que te pongas en camino, Ida B.

O:

—Vete ahora mismo a ver qué quiere tu papá.

Pero el arroyo siempre lloriquea y trata de engatusarme:

—¡No te vayas, Ida B! No te llama nadie y, además, ¡que esperen! ¡Quédate a jugar!

No me meto en líos por cosas grandes. La mayor parte de las veces es por cosas pequeñitas como olvidar guardar los platos cuando me toca, o alimentar a los pobres y famélicos animales salvajes de la vecindad con las sobras de estofado.

Una vez le hice una casa a Lulú con un montón de libros y de cajas. Empecé en medio del salón; allí le coloqué una gran caja para sus dependencias privadas. Puse una batidora como antena de televisión y un cojín que hacía las veces de sofá y de cama, y abrí unas cuantas ventanas con el cuchillo más grande y más afilado que encontré. Construí una biblioteca, un cuarto de juegos y un comedor con otras cajas, e hice apartamentos cubriendo sillas y mesas con sábanas y mantas, para que alojara a todos los amigos que podría tener algún día si mejorara su carácter. Me salió tan grande que, además de ocupar todo el salón, rebosaba por el pasillo.

Lulú estaba tan complacida que ronroneaba; pero, al poco rato, se aburrió y salió fuera, y yo la seguí hasta el arroyo. Poco después escuché:

—¡IDA B. APPLEWOOD!

Así que volví a casa y lo quité todo. Fue una pena tener que clausurar la Gran Ciudad de Apartamentos y Centro Vacacional de Sus Amigos de Algún Día.

Otras veces he causado algún revuelo y he disgustado a mamá y papá, pero nada parecido a lo que ocurrió cuando inventé La Máscara de Jabón.

Bueno, es probable que sepáis que los inventos más famosos, los que han cambiado la historia de la humanidad, han sido creados porque existía un problema que debía ser resuelto. Mi problema era éste: demasiados lavados, de cara en particular.

Cuando me levantaba por las mañanas tenía que lavarme la cara y las manos; y antes de cenar, y antes de ir de compras o de visita. Parecía que precisamente cada vez que estaba más entusiasmada y quería vivir mi vida, tenía que hacer un alto para lavados. Y durante el tiempo que pasaba haciéndolos, quién sabe qué oportunidades me perdía.

Por eso pensé que podría ahorrar montones de tiempo y de energía si maquinaba el modo de no ensuciarme la cara, y se me ocurrió lo de La Máscara de Jabón.

"Un muro impenetrable de desinfección para su rostro".

"Un escudo que repele los gérmenes mientras limpia suavemente los poros, proporcionando un aspecto de radiante limpieza".

"Limpieza eterna, perpetua, definitiva".

Eso dirían los anuncios, pensaba yo, cuando sacara mi máscara al mercado y vendiera diez millones de ellas.

Al jabón en pastilla no lo veía apropiado para el proyecto. En primer lugar porque si lo humedeces y te lo untas, queda blanco y espumoso y como tonto. Además no era lo bastante fuerte. Yo quería una solución poderosa.

Bueno, y esto es lo estupendo del lavavajillas: además de que se extiende francamente bien, se queda en un lugar; si se deja al aire se seca enseguida; es muy fuerte; es antibacterias. Es perfecto.

Una noche después de cenar me apropié de una botella de nuestro mejor lavavajillas líquido y me lo llevé al baño de la planta alta, cerré la puerta y me extendí una capa generosa sobre la cara. Después me senté en mi habitación y sentí que el líquido se secaba lentamente, apretando y apretando, tensando mi piel hasta el punto de dibujarme en la cara una repelente sonrisa artificial. Me lo dejé toda la noche para que sus propiedades destructoras de enfermedades y suciedad tuvieran tiempo de hacer efecto.

Por la mañana tenía la cara como restregada, como si la hubiera estado frotando con estropajo. Estaba roja y brillante y como muy adolorida. Picaba y quemaba de mala manera, pero yo lo achaqué todo al potente poder de La Máscara.

Me senté a la mesa para desayunar y, con una amplísima y perpetua y repelente sonrisa, dije:

—Dame la leche, por favor.

O:

—Dame una servilleta, por favor.

Y esperé a que mamá o papá notaran cómo relucía.

Por fin, cuando hube pedido dos veces la leche sin necesitarla, mamá y papá se quedaron mirándome fijamente, boquiabiertos. Yo estaba segura de que era porque estaban sobrecogidos y asombrados por mi deslumbrante brillo.

—¿Tú ves lo mismo que yo, Evan? —preguntó mamá—. Se pone roja y luego blanca, roja y blanca, como una señal de neón.

—Ya lo veo, Ida —contestó papá.

A continuación sucedió todo tan rápido que no tuve ocasión de decir ni mu. Mamá dijo algo acerca de la escarlatina, papá dijo algo de paperas o varicela, mamá hablaba con el médico, papá me envolvía en una manta y me subía al camión. A renglón seguido nos dirigimos al pueblo y ellos estaban tan silenciosos y tan tensos que no me pareció buen momento para decir nada de nada, y menos de mi pionera innovación.

Bueno, pues entramos a ver a la doctora a todo correr. Me miró por casi todas partes y después me preguntó:

—Ida B, ¿te has puesto algo en la cara?

Así que le conté lo de La Máscara de Jabón.

Me escuchó muy atenta y dijo:

—Ida B, tu cara tiene varios colores y tú sientes como si te ardiera porque el lavavajillas te ha irritado la piel. Por eso lo primero que vamos a hacer es lavarla, y después te daré una loción para suavizar el cutis; te pondrás bien dentro de nada.

Entonces me dirigió una amplia sonrisa y añadió:

—Pero no te des más máscaras de lavavajillas, ¿vale?

Bueno, aunque no funcionó tan bien como yo esperaba, me pareció que la doctora daba a entender que La Máscara de Jabón, una vez sustituido el lavavajillas por otro producto, era una excelente idea que valía la pena explorar, así que recobré el ánimo.

Y además había dicho que los ataques de irritación que me corrían por la cara desaparecerían enseguida con una simple loción.

—Vale —dije, y sonreí mirando a papá y mamá.

Antes de eso estaban francamente nerviosos. Se retorcían las manos y nos miraban a la doctora y a mí.

Pero mientras la doctora hablaba conmigo, sufrieron una transformación. En primer lugar, mamá dejó escapar un gran suspiro, y papá sonrió y meneó la cabeza. Después papá me agarró y dijo:

—¡Oh, Ida B!

Y mamá nos abrazó a los dos. Celebramos allí mismo el día de A Dios Gracias Que Ida B Está Bien; sólo faltaron el pastel y los regalos.

Después de abrazarnos unos a otros y de abrazar a la doctora y de dar la mano a la recepcionista, subimos al camión para volver a casa. Sin embargo, antes de que papá arrancara, mamá se volvió hacia mí y me dijo muy seria:

—Ida B, una visita al médico cuesta dinero, así que de ahora en adelante procura decirnos cuando estás bien y cuando estás mal, ¿de acuerdo?

Arrugué la frente y abrí los ojos tanto como ella, para que viera que yo también hablaba muy en serio:

—De acuerdo, mamá —dije.

Pero lo que yo decía para mis adentros era: como un niño espere para hablar a que los adultos se tranquilicen y le den la oportunidad de meter baza, las cosas más importantes jamás se dirán.

Capítulo 4

Si al llegar la noche habíamos acabado el trabajo del día y estábamos llenos de tanta cena, y Rufus se arrastraba alicaído de acá para allá esperando calle y compañía, y las estrellas, que habían salido todas, brillaban tanto y parecían tan cercanas que daba la impresión de que podías tocarlas con las manos, papá solía decir:

—Ida B, trae a Rufus y vamos a observar al mundo mientras duerme.

—¡Vale, papá! —contestaba yo. Y pasábamos por los campos y el huerto y rodeábamos la montaña, con Rufus corriendo por delante de nosotros y explorando la cantidad de cosas en las que podía meter la nariz en una sola noche sin que le vomitaran, le picaran o le rociaran.

En esas ocasiones era cuando papá acostumbraba a decirme verdades duraderas y profundas. Así que trataba de estar tan quieta como alguien como yo puede estarlo, y escuchaba.

Una noche mientras paseábamos, papá tomó una gran bocanada de aire, de esas que suenan como si intentaras oler algo cuando el aire entra y como si suspiraras cuando el aire sale y significan que algo importante va a ser dicho.

—Ida B —dijo, para asegurarse de que le prestaba atención.

—Sí, papá —contesté, para asegurarle que se la prestaba.

—Quiero que pienses en una cosa.

—De acuerdo.

Papá dejó de andar, y yo dejé de andar. Porque, a veces, si vas a decir algo duradero y profundo no quieres hacer nada más mientras lo dices ni que la otra persona haga nada más mientras lo escucha. Los dos miramos a los campos, a la montaña y al cielo. Entonces él empezó:

—Ida B, algún día esta tierra será tuya.

—Sí, papá.

—Y la ley dirá que tú eres la propietaria, y podrás hacer lo que quieras con ella.

—Sí, papá —repetí, porque sabía que no pensaba continuar hasta que yo dijera algo. Como ocurre en la iglesia cuando el pastor se queda esperando a que digas "amén" para seguir con sus rezos.

—Pero quiero que recuerdes esto: no poseemos la tierra. Sólo somos sus guardianes, Ida B —aquí volvió a tomar una de sus grandes bocanadas—. Doy gracias por tener esta tierra, y doy gracias también porque vaya a ser tuya. Pero no somos sus propietarios. Cuidamos de ella y de todo lo que hay sobre ella. Y cuando tengamos que irnos debemos dejarla mejor que cuando la encontramos.

Bueno, deberíais saber que mi papá es un hombre muy inteligente. Casi siempre estamos de acuerdo en todo, excepto en cosas como la hora de irse a la cama o la conveniencia de obligar a los niños a comer ciertas cosas. Por eso, aunque me

27

parecía bien casi todo lo que había dicho, pensé que me gustaría que reconsiderara una de sus ideas. Y yo era la persona adecuada para ayudarle a hacerlo.

Sin embargo, cuando papá se pone a hablar así, no digo nada hasta que pasa un buen rato. Decía tan serio: "Somos los guardianes de la tierra, Ida B", contemplando el firmamento, enjugando su frente y dando cabezadas, que yo sabía que debía esperar una chispa antes de compartir la Dorada y Sumamente Importante Nuez de Sabiduría de Ida B. Así que caminamos otro poco. Pero cuando dimos la vuelta para ir a casa y llegamos al huerto de manzanos, dije:

—¿Papá?

—Sí, Ida B.

—Yo lo que creo es que en este huerto hay suficientes manzanas como para comer pastel todos los días de la semana y mandar algunos a la reina de Inglaterra, de paso.

—Mmmm —dijo papá.

Le dejé unos minutos de reflexión.

Cuando pasamos por el arroyo, dije:

—¿Papá?

—Sí, Ida B.

—A veces en verano sudo y apesto de tal manera que Lulú me bufa cuando me acerco a ella, y hasta Rufus sale corriendo. Por eso vengo aquí y me tiendo en el arroyo con ropa y todo, y dejo que su frescor ruede sobre mí, y siento que mi mal olor también se va rodando. Y, papá, es estupendo.

Papá se limitó a sonreír.

Le di unos minutos para que asimilara la idea.

Al llegar al límite de los campos la luna brillaba con tanta intensidad que el sendero parecía iluminado. Como si la luna nos mostrara el camino a casa. Así que sólo tuve que señalar, y papá asintió como si supiera a qué me refería.

Cuando enfilamos el sendero, dije callandito:

—Papá.

—Sí, Ida B.

Dejé de andar. Cuando papá se dio cuenta, también se detuvo y esperó.

—Creo que la tierra también cuida de nosotros.

Vaya, papá me miró como sorprendido. Se quedó allí de pie un momento, frotándose la barbilla y tomándolo en consideración.

Por último sonrió y echó a andar de nuevo, y yo con él, y dijo:

—Creo que tienes razón, Ida B.

Hicimos en silencio el resto del camino, disfrutando de la brisa que corría entre las estrellas.

Capítulo 5

Esto es lo que desayuno todos los días: leche caliente con copos de avena y pasas, sin azúcar. Incluso en verano. En invierno sobre todo.

De vez en cuando mamá me pregunta:

—¿No te apetece cambiar el menú un poco, Ida B?

Bueno, casi siempre es de noche cuando me levanto; y, a veces, estoy tan cansada cuando desayuno que tengo que sostenerme la cabeza en su sitio apoyando el brazo en la mesa. Y sólo abro los ojos para asegurarme de que los copos están en la cuchara y para dirigir ésta a mi boca, pero los cierro mientras mastico. No estoy preparada para pensamientos profundos ni para variaciones de menú.

Por eso cuando mamá me lo pregunta, contesto:

—Es demasiado temprano para andar con cambios, mamá.

Esto es lo que almuerzo todos los días: una rebanada de pan con mantequilla de cacahuete, leche y una manzana, una de las rojas a ser posible, porque son un poco ácidas y tienen la piel fina, y papá dice que le recuerdan a mí.

—¿No te apetece comer algo diferente, Ida B? —me pregunta papá.

Bueno, en fin, a la hora de comer ya estoy espabilada por completo y he hecho mis tareas y he aprendido algo y me he divertido un poco. He escrito una lista de cosas que deseo hacer por la tarde y tengo la cabeza hasta los topes de ideas y planes interesantes, y así quiero que se quede.

—Hay demasiadas cosas en qué pensar en este mundo como para preocuparme por lo que voy a comer, papá —le contesto, y él me mira como si fuera un misterio insondable.

Esto es lo que ceno todos los días: lo que hayan preparado papá y mamá... a montón. A menos que se trate de alubias con coles de Bruselas.

Mamá y papá me dicen:

—¿Quieres más, Ida?

A lo que casi siempre contesto:

—¡Sí, POFAVOOOÓ!

Sobre todo si se refieren al postre.

Por otra parte, en la cena sólo hablamos de lo que hemos hecho ese día y de lo que pensamos hacer al siguiente, y me hacen preguntas como:

—¿Cuál es el verbo de esta oración: mamá sirve a regañadientes otro trozo de pastel a Ida B?

O:

—Ida B, a ver si sabes deletrear "bullebulle".

Y yo contesto. A no ser, claro está, que tenga la boca llena.

Bueno, conversar de ese modo durante la cena puede parecer raro, porque yo he ido a comer a casa de otras personas y ellos no se preguntan unos a otros: "¿Me dices qué planeta está más cerca del sol, querida, y me pasas las patatas, por favor?", ni con boca llena ni sin boca llena.

Hablamos así porque, hasta el año pasado, yo estudiaba en casa. Es decir, me levantaba por las mañanas con papá y mamá, y ellos me ayudaban a hacer los deberes. Después mamá y yo estudiábamos mates y ciencias, como la tabla del ocho o las partes de una planta o:

—Ida B, si te doy veinte dólares para que vayas a la tienda a comprar harina...

Antes de que pudiera continuar, yo decía:

—¿A qué tienda?

—Eso da igual.

—Bueno, vale, pero, ¿voy a ir andando?, porque me parece que yo no puedo cargar con un saco de harina desde el pueblo hasta aquí.

En ese momento ella ponía cara de pocos amigos y decía:

—¡Ay, Ida B, déjame acabar! —como si lo que se le estuviera acabando fuera la paciencia.

No era mi intención provocar dolor de cabeza a nadie a propósito, pero es que parecía una historia sobre mí misma, y yo lo único que quería era saber qué pasaba, para hacer mis planes. Porque os diré algo más acerca de mí: estoy convencida de que hacer planes es la mejor forma de potenciar la diversión, evitar los desastres y, posiblemente, salvar al mundo. Yo paso un montón de tiempo haciéndolos.

Entonces mamá decía:

—Volvamos a empezar. La madre de Billy Rivers le dio veinte dólares para ir a la tienda...

—¿Quién es Billy Rivers? —preguntaba yo.

—No es nadie. Es imaginario.

—Entonces, ¿puede ser chica en lugar de chico? ¿Y podría llamarse Delilah? ¿Y podría llevar gafas verdes que resplandecieran...

—¡Ida B!

—Vale, vale... sigue.

Ella me daba el resto de los datos, y yo escribía los números en el papel y encontraba la solución como en el noventa y nueve por ciento de los casos. Y mamá decía:

—Muy bien, Ida B, como siempre que te lo propones.

Después, por la tarde, papá leía conmigo en la silla grande o escribíamos cuentos. Sin embargo, la mayor parte del tiempo vivíamos como todo el mundo, conversábamos, hacíamos el sistema solar con verduras... o mamá me pedía que calculara el cambio que tenían que darnos en la tienda; entonces yo contestaba:

—Siete dólares y ochenta y seis centavos.

—Es muy inteligente —le decía a mamá la mujer de la caja registradora.

Y mamá contestaba:

—Mmmm... —sonriendo sólo con un lado de la boca.

Y también leíamos y hablábamos sobre las rocas de nuestro valle y de la montaña, del tiempo que llevaban deambulando por ahí y de lo lentamente que cambiaban, y de que existían antes que nosotros y seguirían existiendo después. Luego, al poner la mejilla sobre la gran roca que sobresale de la ladera de la montaña y sentir su calor, al principio no oía nada, pero al cabo de un rato escuchaba su voz: era como un zumbido bajo y suave que iba y venía sin cesar. Y todas las cosas que había aprendido sobre las rocas cobraban sentido, no sólo en mi cabeza sino también muy dentro de mí.

Estudiar en casa significaba no tener que ir apretujada en un viejo autobús apestoso ni tener que estar sentada en un aula abarrotada de niños un montón de horas al día. Mamá me hacía un examen todos los años, y todos los años yo sacaba estupendas notas. Y me quedaba donde quería estar: con mamá, papá, Rufus, Lulú, los árboles, la montaña, las culebras y los pájaros. Todo el día, todos los días.

Para mí era el mejor plan del mundo.

Capítulo 6

Cuando tenía cinco años fui al colegio dos semanas y tres días; a la clase de kinder de la señorita Myers de la Escuela Primaria Ernest B. Lawson.

La señorita Myers tenía bonitos rizos castaños alrededor de la cara y la sonrisa medio triste medio alegre, porque su boca se curvaba hacia arriba pero sus ojos parecían tristones, casi siempre.

El primer día de clase se puso junto a la puerta y nos dijo "hola" a todos según íbamos entrando. Nos dijo también que ocupáramos un sitio en el gran círculo que había en el suelo. Cosa que hice.

Cuando todos estuvimos sentados trajo una silla para ella, se sentó al frente del círculo y dijo:

—Buenos días a todos. Soy vuestra maestra, la señorita Myers, y lo primero que debo hacer es aprenderme vuestros nombres, así que cuando oigáis el vuestro levantad la mano, por favor, y decid: "Aquí", ¿de acuerdo?

Todos dijimos que sí.

Emma Aaronson, que cuando está en la iglesia mueve continuamente la boca como si cantara se sepa o no la canción, fue el primer nombre que dijo.

—Aquí —respondió ella.

—Buenos días, Emma —dijo la señorita Myers.

Emma le contestó con otro "buenos días".

—Ida Applewood —fue el siguiente, y la señorita Myers miró por todo el círculo para ver de quién se trataba.

—Aquí —dije yo, pero subiendo la mano sólo a medias, porque había dicho únicamente parte de mi nombre.

—Buenos días, Ida.

La señorita Myers sonrió y empezó a mirar el siguiente nombre de su lista, pero antes de que se retirara del mío se lo dije, para poder empezar con buen pie; le dije:

—Es Ida B.

La señorita Myers levantó la mirada de la lista, con un par de arrugas entre las cejas:

—¿Disculpa?

—Es Ida B —repetí—. Que me llamo Ida B.

Volvió a mirar su lista con expresión de profunda concentración y ligero disgusto. Pero pocos segundos después, esa expresión dio paso a otra de calma y de placer enorme, o sea, la que pone la gente cuando se imaginan que tienen razón y están rabiando por decírtelo.

—Vamos a ver, Ida —me dijo—, supongo que en casa tu familia te llama por un apodo, como Ida B. Y eso está bien en casa, pero en clase vamos a usar nuestros nombres verdaderos, no nuestros apodos —aquí miró a todos con su sonrisa triste-alegre—. ¿Lo habéis entendido?

Todos los niños subieron y bajaron las cabezas y sonrieron, todos menos yo.

—Y ahora vamos a continuar —dijo.

—Samuel Barton —fue el siguiente, pero yo estaba enganchada al "Ida Applewood" y allí me quedé hasta que finalizó la lista de nombres y acabaron los "buenos días". Porque en cualquier lugar del mundo Ida Applewood era mamá. Y porque cada vez que había estado con gente un poquito y algo más del tiempo necesario para conocerlos uno a uno, yo era Ida B.

Seguía con mis dudas y mis penas, pensando cómo se las iba arreglar mi cabeza para acordarse de mirar o contestar "sí, señorita" cada vez que la señorita Myers dijera "Ida", cuando se me ocurrió un problema aún mayor. Me percaté de que quizá tendría ese nuevo nombre que no era el mío, ese nombre no real y sin relación conmigo pero al que estoy atada, no sólo ese día o ese año, sino todos los días de colegio durante el resto de mi vida. Eso, ya lo sabía yo, era un montonazo de días de ser Ida y otro montonazo de días de no ser Ida B. Tantos días de ser Ida que olvidaría cómo era ser Ida B.

Y aquel pensamiento se tradujo en un malestar que empezó en el estómago, se extendió por las piernas y los brazos, llegó a los dedos de los pies y de las manos, y subió hasta la lengua. Como si todo hubiera sido atado en bloque, comprimido y apretujado en un espacio muy, muy diminuto.

Miré por la ventana y vi todo ese sol y todo ese aire y todo ese espacio para andar por él, y hubiera jurado que, a esa distancia y con las ventanas cerradas, oía la voz del arroyo llamándome:

—¡Ven a casa a jugar, Ida B! ¡Estoy esperándote! ¡Ven, ven, ven!

Me entraron unas ganas locas de salir corriendo de la clase y dejar que aquella voz me condujera a casa. Pero sólo en esa mañana le había prometido nueve veces a mamá que sería buena y haría caso de lo que me dijeran. Así que me quedé en mi sitio con las manos en el regazo.

Sin embargo continué pensando que aquel lugar no se parecía en nada a lo que papá y mamá habían descrito como un colegio, y deduje que eso no era buena señal.

En clase había una jaula con un conejo, que no podíamos acariciar hasta que llegara el momento, y estanterías con libros, que no podíamos leer hasta que llegara el momento. Fuera había un gran patio con toboganes, columpios y balones, en el que no podíamos jugar hasta que llegara el momento. Por todas partes, montones de niños entre los que no podíamos hablar hasta quién sabe cuándo.

—Señorita Myers —acabé por preguntar—, ¿cuándo llega el "momento"?

—¿Disculpa?

—¿Que cuándo llega el momento de hacer cosas divertidas?

—Verás, Ida —contestó—, hay diferentes actividades a diferentes horas. Ya te comunicaré cuando llega el momento de cada una. ¿Por qué no te relajas y disfrutas?

Pues vaya, hasta cuando era pequeña me gustaba hacer planes. Me gustaba saber lo que se avecinaba para posponer lo más posible lo malo y disfrutar con antelación de lo bueno.

—¿Me lo puede decir ahora para hacer un horario? —le pregunté.

Uy, uy, en un segundo y medio la señorita Myers se plantó ante mí, con la boca firmemente cerrada y las manos en las caderas; yo había visto antes esa expresión en los adultos y no presagiaba nada bueno.

—Ida —me dijo—, confía en mí. Hablaremos del horario cuando llegue el momento.

¡Y dale! Allí y entonces me pregunté si no estaría en una clase para niños rebeldes que necesitaran disciplina, y si mi castigo incluiría perder mi nombre y no poder hacer planes nunca más. Pero Emma Aaronson estaba también allí, y ella era de las que se portan bien cada minuto de cada día.

Sentí crecer en mi garganta una corriente de grosería y malas pulgas que rabiaba por salir de mi boca. Pero mientras mamá me traía en el auto le había prometido siete veces que iba a ser educada.

—Sí, señorita —dije por último entre dientes, porque fueron ellos los que se encargaron de contener mi grosería.

Me hice un horario por mi cuenta con lo único que sabía con absoluta certeza: dónde estaría la manecilla del reloj cuando llegara la hora de ir a casa. Miré fijamente al que estaba encima de la puerta y contemplé la manecilla pequeña y cómo se acercaba y se acercaba a las tres, hasta que sonó, por fin, la campana de la liberación.

*   *   *

Mamá me estaba esperando al lado del aparcamiento, con una gran sonrisa.

Bueno, la verdadera Ida B hubiera sonreído y hubiera corrido a su encuentro. Ida B se hubiera metido de un salto en el auto, saltado cinco veces sobre el asiento, contado a mamá sus planes para la tarde que le llevarían tanto tiempo que podría hacer pocas tareas, y pasado todo el viaje de vuelta a casa con la frente apoyada en el parabrisas, de las ganas que tenía de llegar.

Pero yo había sido Ida durante todo el día. La Ida de la señorita Myers, y esa había estado sentada y callada, en fila, con las manos bien quietecitas, sin disfrutar ni de una minúscula chispa de diversión. Me sentía entumecida y cansada y apretujada en un cuerpo demasiado-pequeño con un nombre demasiado-pequeño. Así que caminé con pasitos lentos y cansinos.

Cuando al fin llegué al lado de mamá, me paré, la miré y dije:

—mamá, esto no puede ser.

—¿Qué no puede ser, Ida B? —preguntó. Y cuando dijo mi nombre fue como si volviera a mí misma por primera vez en todo el día. Noté que mi cuerpo se desperezaba y sentí un cosquilleo, como si me estuviera despertando.

—Tanta norma y tan poca diversión —le dije.

—Bueno —dijo ella—, vamos a subir al auto y me lo cuentas.

Así que entré en el auto como con una especie de salto. Y en el camino a casa se lo conté todo: lo de los bonitos rizos de la señorita Myers y su sonrisa triste-alegre, lo del horario invisible que no permitía saber nada a los niños hasta que llegara el momento, lo de las cosas tan estupendas que había por allí y que no se podían tocar y, sobre todo, lo de la negativa de la señorita Myers a llamarme por mi verdadero nombre. Casi me llevó todo el camino de vuelta a casa soltarlo.

Cuando acabé, mamá se lo pensó un momento y dijo:

—Parece que ha sido un día duro, Ida B, pero hay mucho que hacer en el primer día, y los primeros días no suelen ser muy divertidos. Seguro que mañana lo pasas mejor.

Al llegar a un stop al final de la carretera, miré de frente a mamá y le dije:

—Lo dudo mucho.

Ella me devolvió la mirada y contestó:

—Prueba una vez más, nena.

Me dio tanta alegría volver a casa, con Rufus ladrando y corriendo a mi alrededor en círculos, esparciendo baba a diestro y siniestro de tal forma que se necesitaba un paraguas para acercarse, con las manzanas tan maduras que se podían oler de lejos, con mamá sonriéndome sin reservas, que dije:

—De acuerdo, mamá.

Pero lo que dije para mis adentros fue: "Aunque me encantaría creer que estás en lo cierto, tengo un presentimiento pero que muy, muy malo respecto a ese lugar".

Capítulo 7

Lo que yo decía: las cosas no mejoraron. Lo que es más: empeoraron. Porque no sólo teníamos todas esas normas sobre no hablar o no tocar, sino que por lo visto debíamos cumplirlas mejor cada día. Y cada día me costaba más y más volver a ser yo misma al salir de clase.

—¿Cuántos días faltan para el último día de clase? —preguntaba a mamá en el auto.

—No lo sé, Ida B. ¿Por qué?

—Tengo que saberlo.

—¿Cuántos días faltan para acabar el colegio del todo? —fue lo que consiguió decir mi boca durante la cena.

—Ida B, no será para tanto —dijo papá.

Y así es como me sentía de desanimada: no repliqué.

De ahí en adelante, cada noche después de cenar salía y me tumbaba en el huerto hasta que me llamaban para que volviera.

—¿Qué te pasa, Ida B? —preguntaba Viola.

—Nada —le decía yo, porque como no tenía nada por dentro no podía ni quejarme.

—¿Qué tal por el colegio, Ida B? —decía Paulie T. con risitas burlonas, porque era un gamberro de la copa a las raíces.

Pero ni siquiera Paulie T. podía hacer que las cosas fueran peor que mal.

*   *   *

Bueno, supongo que debido a mi aspecto mustio y tristón, mamá decidió ver con sus propios ojos lo que pasaba en clase de la señorita Myers, así que a la tercera semana me acompañó y se quedó todo el día. Y aunque fue el mismo ponerse en fila, no tocar, no hablar y esperar el turno de siempre, al estar allí mamá fue como mejor.

Sin embargo, el colegio pareció tener el mismo efecto sobre ella que sobre mí, porque al salir de clase las dos fuimos con pasitos lentos y cansinos hasta el auto y no abrimos la boca hasta llegar a casa.

Cuando llegamos, mamá dijo:

—Puedes hacer lo que quieras hasta la hora de cenar.

Y yo dije:

—De acuerdo —porque sabía cuándo se estaba tramando algo, y sabía que era mejor estarse calladita.

Me senté en el porche y vi que iba a buscar a papá al campo, y que los dos hablaban un buen rato.

Al día siguiente, cuando estábamos sentados a la mesa para desayunar y yo estaba a punto de meter la cuchara, mamá dijo:

—Ida B, papá y yo tenemos que hablar contigo sobre el colegio.

Así, de sopetón. Mi estómago se cerró como una trampa. Miré fijamente todas esas pasitas que acostumbraban a sentirse tan felices cabeceando como si nadaran, y que en ese momento se estaban ahogando en un mar de leche.

—Mírame, Ida B —dijo mamá. Así que eso hice—. Desde el lunes vas a tener el colegio en casa: papá y yo vamos a ser tus maestros. Bueno, tendremos que conseguir lo necesario para hacerlo bien, pero te hemos enseñado todo lo preciso hasta el momento y tú lo has aprendido sin ninguna dificultad. Así que vamos a probar.

¿Qué parecí yo allí y entonces? Debí sonreír, pero no pude sentir ni mi cara ni mi cuerpo. No hacía más que escuchar una y otra vez lo que mamá había dicho, y flotaba más y más arriba, y la música sonaba y los ángeles cantaban:

"Ida B es libre, Ida B es libre. Ven a volar con nosotros, Ida B".

Pero antes de perderme en el éter, un mal presentimiento me hizo bajar a la tierra de golpe y porrazo. Es demasiado bueno para ser verdad, dijo la voz de mi cabeza que antes de abrir los regalos de Navidad sabe que unos cuantos son calcetines y ropa interior metidos en preciosas cajas.

—No puede ser, mamá —es todo lo que dije, queriendo creer pero sin dejarme llevar por la esperanza, todavía.

—No creas que va a ser fácil, Ida B —continuó ella—. Tendrás que estudiar matemáticas y lectura, como en el colegio normal. Habrá exámenes y muchos deberes, y tendrás que hacer todo lo que papá y yo te digamos. Si no avanzamos y no hacemos lo que debemos hacer, tendrás que volver a ese colegio, ¿entendido?

Mamá me miraba como si estuviera frente a ella, pero yo había vuelto a despegar, porque sabía que mientras estuviera con mamá y papá, y cerca de la montaña y del huerto y del arroyo, todo saldría a pedir de boca. Mientras pudiera ser Ida B, todo iría bien.

—¿De verdad? —me oí preguntar a mí misma, y floté hasta alcanzar el techo.

—De verdad, si haces lo que debes hacer —dijo mamá.

—¡Claro que sí! —contesté. Pero por entonces estaba planeando entre las nubes, así que no sé si me oyó.

Y así pasaron cuatro años, y todo fue mejor que bien. Me quedé en casa y aprendí y me divertí más que un gatito con veinte ovillos y tres ratones de pega. Incluso empecé a creer que podía contar con no volver nunca más a ese Lugar de Lento pero Seguro Apretujamiento Corporal, Entumecimiento de la Mente y Tortura Asesina de la Diversión.

Y eso que empecé a creer, mira tú por donde, fue un error.

Capítulo 8

Por las mañanas soy como una culebra en primavera: necesito tumbarme sobre una roca tibia y dejar que el sol me caliente un poco antes de empezar a contonearme por ahí y a entenderme con el día. Pero mamá y papá son totalmente distintos. Ellos son como pájaros: se levantan aún de noche y empiezan a cantar y a revolotear por todas partes en cuanto abren los ojos.

Una mañana, tres días después de que el gamberro de Paulie T. me soltara su advertencia de la que no te podías fiar ni un pelo acerca de los problemas que iba a tener, no hubo, sin embargo, ninguno de los habituales canturreos y revoloteos de mamá y papá.

Otras cosas sí fueron como siempre: me levanté, pero a duras penas; lo único que se movía era mi brazo derecho, y mi boca. *Toma los copos de avena, métetelos en la boca, masca, masca, masca... toma los copos de avena, métetelos en la boca, masca, masca, masca...* era el único mensaje que enviaba mi cerebro, y a pesar de eso lo enviaba a poca velocidad y volumen bajo.

Pero, de repente, sentí que mi cerebro aceleraba a velocidad de crucero con mayor rapidez de la que nunca había tenido a las seis de la mañana, y no era por nada que mamá y papá hubieran dicho o hecho. Era porque estaban quietos y silenciosos, y mi cerebro sabía que eso era inusual y lisa y llanamente raro. Sentí un hormigueo por todo el cuerpo, un gusto extraño en la boca y, como en un segundo y medio, me espabilé por completo; así que miré al otro lado de la mesa y me dediqué a observarlos.

Mamá ni comía ni hablaba: no hacía más que estar allí sentada jugando con la comida, cosa que supuestamente no debemos hacer.

Papá tampoco comía: se limitaba a mirar al plato. En ese momento dijo, muy despacio:

—¿Así que hoy vas a llamar al médico para pedir hora?

—Sí —contestó mamá, y sonrió con demasiada alegría, demasiado pronto—. Lo más probable es que no sea nada, Evan.

Papá, poniendo su mano sobre las de ella, dijo:

—Pues claro.

Pero no la miró. Se quedó contemplando las puntas de los dedos de mamá que sobresalían por debajo de su gran mano.

Hubo un silencio en aquella cocina que no había oído nunca, como si medio mundo se hubiera detenido. Y supe que si en ese momento salía de casa no habría viento, las plantas habrían dejado de crecer y el sol se habría congelado en el cielo.

—¿Qué pasa? ¿Qué quiere decir nada? —casi aullé, porque alguien tenía que montar el suficiente alboroto para que las cosas se movieran y volvieran a su ser.

Mamá y papá me miraron como si fuera una sorpresa.

—Pues nada, cariño, no te preocupes —dijo mamá por fin. Y papá miró por la ventana.

—¿Pero qué quiere decir nada? —repetí, porque ese tipo de respuesta suele significar que hay más que mucho por lo que preocuparse y poco que se pueda hacer—. ¿Por qué estáis tristes? ¿Qué pasa?

Pero mamá, lenta y sombría, como el viento en un día de lluvia, se limitó a decir:

—¡Ay, Ida B!

Luego se levantó y quitó su plato; y eso fue todo.

*   *   *

Esto es lo peor de ser culebra durante la primavera: a veces encuentras lo que consideras el mejor lugar del mundo para tomar el sol; la roca más grande del universo, tan grande que no puedes ver ni dónde acaba. Y esta roca perfecta, increíble-debuena, es suave, oscura y calentita. Tú te deslizas sobre su acogedora y cálida negrura, y estás tan cómoda allí tumbada que, en menos que canta un gallo, te duermes, te estiras y hasta roncas. Estás convencida de que has llegado al paraíso de las culebras.

Pero, siendo culebra, estás tan cerca del suelo que no te percatas de que esa roca del paraíso es en realidad una carretera. Y estás tan a gustito y tan profundamente dormida que no escuchas a ese enorme y viejo camión cargado con dos toneladas de tomates que se te viene encima.

Y a continuación —zas, paf, pum, y un par de crujidos de propina— te das cuenta de que tienes marcas de neumáticos en ambos extremos. No estás muy segura de lo que ha pasado, pero no cabe duda de que te has ido de este mundo.

O sea, había aprendido que, incluso cuando crees que estás en el paraíso, necesitas mantenerte en guardia y tener un plan.

Sin embargo, es muy difícil tener un plan para ciertas cosas.

Capítulo 9

Mamá tenía un bulto, y el bulto tenía un cáncer.

Esa era la nada que no era nada, pero no pareció ser lo más terrible del mundo al principio. Parecía algo así como tener un penique metido en la nariz: debes sacarlo porque no es parte de la nariz y porque, si lo dejas dentro demasiado tiempo, puedes pasarlo fatal si pillas un resfriado. Así que vas a la doctora y ella te lo saca de un voleo y a continuación te olvidas de cómo estabas con la nariz agrandada, abarrotada y adolorida. Eso pensaba yo que iba a pasar con el bulto.

Pero para mamá no fue igual. Primero fue al médico. Después fue al hospital para que la operaran. Entonces descubrieron que el cáncer no sólo estaba en el bulto, sino también bajo el brazo. Y los médicos esperaron haberlo quitado todo, pero no podían asegurarlo.

Ese cáncer era como los insectos de un árbol: un día no los ves y al siguiente parece que están por todas partes, comiéndose las hojas y los frutos. Y no vale buscarlos y exterminarlos uno a uno. Tienes que hacer algo drástico.

Por eso mamá tuvo que ir al hospital para recibir tratamiento y cuando volvía a casa estaba tan cansada que apenas tenía fuerzas para decir:

—Hola, nena.

Después se metía en su habitación y se echaba en la cama. Si yo salía una hora o así, al volver la encontraba exactamente igual: tumbada boca arriba, los ojos cerrados, la cara blanca como la leche, las manos aferradas a la colcha.

Entonces me ponía al lado de la cama y le acariciaba la mejilla.

—Ainnn —protestaba ella cuando mis dedos le rozaban el pelo con más suavidad que si acariciaran a un gatito recién nacido. Por eso dejé de tocarla, pero le preguntaba si quería que le leyera algo.

—No, cariño, gracias —contestaba, sin apenas mover los labios.

¿Quería que Lulú fuera a verla?

—Quizá luego.

¿Quería oírme deletrear "vitalidad"?

—Ahora no, tesoro.

—Mamá —susurré una vez, después de que las dos lleváramos largo rato sin hablar.

—Hummm —dijo, como si respondiera desde un sueño.

—¿Te vas a morir? —le pregunté tan bajito que casi no me oí a mí misma.

Mamá abrió los ojos y volvió la cabeza hacia mí.

—Ida B —dijo, mirándome más seria que nunca.

—Sí, mamá —respondí, pero yo no podía mirarla, así que contemplé las arrugas de la colcha.

—Siempre estaré contigo —me dijo—. Siempre.

Después volvió a mirar al techo, cerró los ojos y añadió:

—¿Lo entiendes, nena?

Y yo dije:

—Sí, mamá —aunque no lo entendía.

Lo único que hice fue sentarme a su lado y vigilar su respiración, sólo para asegurarme de que su pecho subía y bajaba.

El pelo de mamá se empezó a caer a grandes mechones sobre la almohada, y yo entraba en la habitación y lo recogía cuando ella se levantaba un momento. Lo metí en la Bolsa de Ida B de Cosas Surtidas Para Planes Por Hacer, pero sólo puse allí su pelo. Guardé la bolsa bajo mi almohada, y al meter la mano y cerrar los ojos me imaginaba que flotaba en una nube de mamá.

Cuando mamá volvía del hospital, nuestra casa se quedaba tan silenciosa como una biblioteca en la que sólo hubiera adultos. Como si un constante "shhhhhh" nos hiciera callar todo el tiempo, en todas las habitaciones.

Deambulábamos sin mirarnos unos a otros. Papá miraba al suelo, yo miraba al suelo, hasta Rufus miraba al suelo. Pero Lulú no. Ella nos fulminaba con la mirada como diciendo:

"Esté pasando lo que esté pasando, yo quería mi comida hace cinco minutos".

Metíamos los platos en el fregadero con la mayor delicadeza. Retirábamos las sillas de la mesa con el mayor cuidado. Caminábamos sin rozar el suelo. No sé si tratábamos de no despertar a mamá o de no despertar al cáncer.

Cuando teníamos ocasión, papá y yo nos sentábamos en la silla grande para estar muy juntos y poder hablar en susurros y aun así oírnos, y leíamos cuentos. Aquellos eran por entonces los únicos momentos buenos en casa. Más tarde papá iba a ver si mamá quería un poco de sopa o unas galletas saladas.

—¿Quieres comer algo, Ida? —decía desde la puerta de la habitación, y su voz era tan suave como la piel de un conejo, tan ligera como el humo. Flotaba hacia ella y le acariciaba la mejilla, después la frente, sin apretar demasiado.

Y, casi siempre, mamá susurraba:

—No, gracias, cielo.

Aunque a veces sólo decía:

—Evan —con una voz de un amor que está a miles de kilómetros.

Cada vez que mamá seguía el tratamiento las cosas empeoraban.

Poco a poco, sin embargo, empezó a encontrarse mejor y se fue pareciendo cada vez más a mi antigua mamá.

Empezó a comer, y trabajaba un poquito con papá, y me preguntaba:

—Ida B, si para hacer un pastel necesitas dos tazas y media de harina, y horneas dos pasteles a la semana durante un año excepto en la semana de Navidad que horneas cinco, ¿cuántas tazas de harina necesitas?

—¿Sólo dos a la semana, mamá? —preguntaba yo—. ¿No podrían ser tres?

Y ella casi sonreía, casi como antes.

Pero ya habían pasado tres semanas y tuvo que empezar otro tratamiento. Y toda la felicidad que había regresado a nuestra casa, pensando que allí se encontraría a salvo, tuvo que dar marcha atrás y volver por donde había venido. Incluso el resplandor de los ojos de mamá desapareció y, la mirara lo que la mirara, no podía encontrarlo.

Entonces, cuando nadie se daba cuenta, entraba en mi habitación, cerraba la puerta, me sentaba en el suelo al lado de la cama y lloraba y lloraba por mamá, por papá y por mí, y por todo aquel amor que parecía inútil, porque no la curaba.

Capítulo 10

Un día de agosto la casa y mi corazón estaban tan lúgubres y tan tristes que decidí tener otra conversación con el árbol anciano. Dejé a Rufus en casa con mamá, subí a lo alto de la montaña, trepé por el tronco y me senté en mi lugar habitual.

—No quiero quejarme ni lloriquear, pero mamá no es mamá, y papá no es papá, y los echo de menos, y echo de menos la vida que teníamos, y estoy muy sola —le dije.

Cerré los ojos y apoyé la cabeza sobre la cálida y suave rama que tenía más cerca. Estaba cansada, requetecansada, así que me alegré de poder sentarme allí un rato.

El sol me calentaba la espalda y el viento me rozaba las mejillas como si tuviera dedos. Entonces el vello de mis brazos y de mi nuca se erizó y me cosquilleó en la piel, y supe que iba a pasar algo.

Y escuché esa voz que no es una voz, pero que puedes oír, aunque no la oigas con los oídos, porque tienes que escucharla por dentro.

Lenta como el sueño, callada como la noche, susurró:

—Todo irá bien.

Y eso fue todo.

Sentí una bola de calor en mi estómago, y el calor se extendió por mi cuerpo, calentándome de dentro afuera. Cada uno de mis trocitos se sintió en paz, calentito y a salvo, y me olvidé de todo excepto de ese sentimiento de seguridad.

Al poco, sin embargo, la parte de mí que desconfía de las cosas que sientan demasiado bien demasiado pronto recordó toda la tristeza y todos los problemas que habían llegado a nuestra casa. Y la calidez, la sensación de calorcito, desapareció en un santiamén.

Abrí los ojos, me enderecé y dije en voz alta:

—¿Está seguro? ¿Puede explicarme qué quiere decir con eso de "bien"?

Pero pasaba lo de siempre con ese árbol: si conseguías algo podías considerarte afortunada; y, si conseguías ese algo, eso era todo lo que conseguías.

Así que allí me quedé y me puse a pensar una chispa. Después de un rato recordé lo que había oído y cómo me había sentido y simplemente lo supe. Bajé al suelo y me apoyé en el árbol, apreté la cara contra su viejo y blanco tronco, y dije:

—Gracias.

Después volví a casa. Me seguía sintiendo igual de sola, pero tenía algo más de esperanza.

*   *   *

Un par de noches más tarde, durante la cena, papá dijo, con mamá allí delante:

—Ida B, mamá va a tomar una medicamento nuevo para no sentirse tan mal. Tu mamá se va a poner mejor.

—Evan —interrumpió mamá, mirándole con dureza—. No podemos asegurarlo —le dijo, y su cara se fue dulcificando según

hablaba. Cuando terminó puso su mano sobre las de él.

Luego se dirigió a mí:

—Creemos que *puede* sentarme mejor, nena. Tendré que volver todas las semanas al hospital durante un tiempo para seguir el tratamiento, pero el medicamento es más suave que el anterior. No me pondré tan enferma, ni estaré tan cansada. Pero habrá que esperar y ver.

Bueno, excepto por el "puede" y por el "esperar y ver", me sonó como una noticia-digna-de-celebración.

Sonreí con una sonrisa tan grande que los extremos de la boca me llegaron hasta los globos oculares, casi. Pero mamá y papá tenían sonrisas pequeñitas, con la boca curvada sólo a medias. No podía entender por qué no nos saltábamos el plato principal e íbamos directos al postre.

—Pero son buenas noticias, ¿no?

—Sí, Ida B, lo son —dijo mamá.

—Entonces, ¿qué pasa? ¿Por qué no lo celebramos?

Pero obtuve la misma respuesta de siempre:

—¡Ay, Ida B! —una respuesta que lo único que dejaba claro era que querían que desapareciera de allí porque no pensaban decirme nada más.

Y como agradecía aquella felicidad a medias en una casa que había estado llena de tristeza, los dejé en paz.

El arroyo, como ya sabéis, es mucho más hablador que el árbol anciano. Más bien podría decirse que es un charlatán.

Al día siguiente por la mañana corrí hacia él y, antes de que empezara a cotorrear, le dije:

—¡Eh!, mamá se va a poner mejor y dentro de poco todo volverá a ser como antes.

Pero el arroyo no me contestó.

Así que se lo repetí, más alto:

—¡Que digo que mamá se va a poner bien y que los buenos tiempos están a la vuelta de la esquina!

Nada.

Me quité los zapatos y chapoteé en medio del agua y propiné patadas por allí un minuto para llamar su atención.

—¡Eh, ¿no me has oído?! —chillé—. ¡¡Mamá se va a poner estupendamente y todo volverá a ser perfecto dentro de nada!!

Me paré a escuchar, con todo el cuerpo frío, húmedo y chorreante.

Pasado un minuto, cuando estaba a punto de rendirme, oí contestar al arroyo, más triste y más quieto que nunca:

—Aún no se ha acabado.

Y eso fue todo lo que dijo.

Capítulo 11

Papá tuvo que vender parte del huerto y un terreno de la granja para pagar los gastos de hospital de mamá. Un día de septiembre me sacó al porche, me sentó al lado de Rufus y me lo dijo:

—Son dos terrenos de la parte más alejada del valle, Ida B.

Pensé un poco.

—Pero eso incluye parte del huerto. Ahí están Alice y Harry y Bernice y Jacques Cousteau —le informé, por si no se había enterado.

—Ida B —dijo, como si hubiera previsto mis objeciones—, no hay nada que discutir. Tenemos que hacerlo.

—¿Qué van a hacer con la tierra? —pregunté.

—Supongo que construirán casas.

—¿Y qué van a hacer con los árboles?

—Supongo que los talarán.

—¡Ay, papá, no! ¡No! —en menos de un cuarto de segundo estaba llorando, gimiendo y aullando, todo al mismo tiempo—. ¿No podemos vender otra cosa?

—No, Ida B.

—¿No podemos llevar los árboles a otro sitio?

—No, Ida B.

—¡Rufus y yo buscaremos trabajo!

—¡No, Ida B! —la voz de papá ganaba en volumen y en enfado—. ¡Y no hay más que hablar!

En fin, tengo que admitir lo siguiente: en ese momento, yo no ganaba en tranquilidad.

—¿Y qué pasará con el arroyo y con la montaña y con el resto del valle? ¿No pensarán construir ahí, o jugar, o alguna otra cosa, verdad?

—Bueno —contestó papá—, el arroyo, la montaña y el resto del valle seguirán siendo nuestros, pero me gustaría que fuéramos buenos vecinos y los compartiéramos.

—¡No, papá! ¡No quiero! —aullé, y crucé los brazos, y meneé la cabeza a izquierda y derecha con los ojos cerrados, y agité locamente mis coletas, como si fueran látigos. Esperaba que una le diera a papá un buen coletazo.

Él me dejó que siguiera con lo mío, y yo empecé a marearme de mala manera, pero no pensaba darle el gusto de parar.

—Hay otra cosa, Ida B —dijo.

¿Otra cosa? Eso detuvo en seco los coletazos. ¿Pero qué otra cosa podía haber? ¿También tenía que regalar a Lulú? ¿Mamá se iba a morir de todos modos? Me quedé quieta, con los ojos sobresaliendo como cinco centímetros del resto de la cara, para tratar de ver lo antes posible lo que salía por la boca de papá.

—No puedo llevar la granja yo solo y darte clases al mismo tiempo. Y tú mamá está demasiado cansada para ocuparse de algo así por ahora. Por eso vas a tener que volver al colegio. Empiezas el lunes.

—Sé que es duro, Ida B —continuó, porque supongo que se imaginó que si seguía hablando podría evitar el griterío y la llantina que vendrían a continuación—, pero no podemos hacer otra cosa. Tú tienes que estudiar, mamá tiene que descansar y ponerse bien, y yo tengo que cuidar la granja.

Esto demuestra lo conmocionada que estaba: ni grité, ni aullé, ni dije esta boca es mía.

Las cosas de dentro de mi cabeza empezaron a girar y, a continuación, todo lo que me rodeaba empezó a inclinarse y a dar vueltas. Comprobé si mis pies estaban sobre el suelo, porque me parecía caer por un agujero que se había abierto justo debajo. Se me estaba revolviendo el estómago y empezaba a tener claro que mi comida iba a hacer una segunda aparición, cuando mi cerebro recordó lo único que podía salvarme:

—Mamá no te va a dejar que lo hagas —dije, tratando de enfocar a un borroso y oscilante papá.

—Ida B, tu mamá está de acuerdo conmigo —me contestó—. No podemos hacer otra cosa.

Todo se volvió negro. Mi cuerpo siguió allí sentado y mis ojos continuaron abiertos como platos, pero la verdadera yo que siente, y habla, y hace planes, y sabe algunas cosas con una certeza del cien por ciento se había encogido, marchitado, huido y ocultado en lo más profundo de mí. Sólo podía ver la negrura, sólo podía oír una especie de zumbido, sólo podía sentir vacío a mi alrededor.

No sé cuánto tiempo estuve allí sentada de aquel modo, pero me parecieron años y años de estar sola, acurrucada y escondida en la oscuridad.

Oí que papá me llamaba; parecía estar a miles de kilómetros.

—¡Ida B! —decía una y otra vez, y aunque no quería escucharlo no lo podía evitar. Cuanto más lo escuchaba, más fuerte lo oía, hasta que al final eché una miradita desde mi interior, igual que si me estuviera despertando. Allí estaba él, con su cara pegada a la mía, repitiendo mi nombre con aspecto triste y asustado.

Y entonces volví a llorar, y papá se quedó donde estaba y dijo:

—No pasa nada, Ida B. Todo irá bien —lo que lo empeoró todo.

—Papá —solté por último, entre sollozo y sollozo.

—¿Sí, Ida B?

—¡No me hagas ir al colegio, por favor!

—Ida B, tienes que ir.

—¡Pero papá, si no necesito ir! —me defendí—. Yo... yo me enseñaré a mí misma. Usaré los libros y me enseñaré a mí misma, lo prometo. Me enseñaré... me enseñaré... —estaba deseando memorizar todos y cada uno de los aburridos datos de Canadá o de cualquier país que él quisiera, del hemisferio norte o del hemisferio sur.

—Necesitas estar con otros niños en vez de pasar todo el día por aquí alicaída.

Papá había perdido todo rastro de tristeza o simpatía, su voz era más alta y más dura, y no pensaba dar su brazo a torcer.

—¡No quiero otros niños! ¡Te quiero a ti y a mamá y estar aquí! ¡Por favor, papá! ¡Por favor!

Bueno, en fin, he de confesaros que en ese momento no sólo suplicaba con palabras. Estaba de rodillas, con las manos unidas y alzadas hacia él, como la gente que suplica piedad en las películas. Pero este papá era despiadado.

—¡Ya está bien, Ida B! —gritó, y el sonido de su voz llenó el porche entero. Tan pronto como empezó a chillar, mi voz se refugió en el interior de mi garganta y mi cuerpo se paralizó. Rufus tenía tanto miedo que se levantó como si le hubiera traspasado un rayo. Salió disparado del porche y desapareció antes de que las palabras de papá rebotaran por las paredes.

Hasta papá pareció sorprendido. Se le agrandaron los ojos y los cerró con mucha fuerza. Se puso las manos sobre la frente y las dejó allí un minuto; después se movieron por su cabeza y acabaron agarradas en su nuca. Exhaló un gran suspiro, como si hubiera contenido el aliento una eternidad, y el porche quedó en silencio.

Con los ojos cerrados y la cabeza inclinada, papá dijo al suelo:

—Mamá está enferma y yo tengo trabajo y tú vas a ir al colegio el lunes. Y no hay más que hablar.

Después dio media vuelta, salió del porche y volvió a los campos como si no hubiera pasado nada.

Capítulo 12

Cuando papá se fue me dolía todo una barbaridad, como si cada uno de mis trocitos hubiera sido cortado y retorcido. Pero lo que más me dolía era el corazón.

Lo único que podía hacer era rodar como una pelota por el suelo del porche y quedarme tumbada, llorando: llorando con la clase de lágrimas que te queman los ojos y el tipo de sollozos que hacen que te duela el pecho de tal manera que crees que va a explotar. Cuando los sollozos se acabaron siguieron las lágrimas, así que allí me quedé tumbada con la boca abierta de oreja a oreja, aunque apenas hacía ruido. Sólo se escuchaba el aire que me entraba y el terrible vendaval lleno de pena que salía.

Pero mientras lloraba, mi corazón se transformó. Se iba empequeñeciendo cada vez más y se endurecía como una roca. Cuanto más pequeño y más duro se volvía menos lloraba yo, hasta que por último dejé de llorar por completo.

Cuando acabé, mi corazón era una piedra negra y afilada lo bastante pequeña como para caberme en la mano. Era tan duro que nadie podría romperlo y tan afilado que cortaría a quien lo tocara.

Me quedé allí, mirando fijamente al vacío, sin nada en mi interior, un momento.

Y entonces mi corazón nuevo tomó una decisión. Porque cuando tu corazón cambia tú cambias, y tienes que hacer planes nuevos. Esta decisión era para la nueva yo, la nueva Ida B.

De acuerdo papá, pensé, haré lo que tú digas. Volveré a la escuela primaria Ernest B. Lawson, pero no me gustará. Ni me gustará la gente que ha comprado la tierra, ni me gustará mi maestra, ni los niños de mi clase, ni el viaje en autobús. Y tú y mamá tampoco me gustaréis.

Decidí hacer lo que fuera, pasando por alto la muerte o los desmembramientos, para combatir la locura que había caído sobre mi familia e invadido mi valle. Me enfrentaría a ellos con un plan, y lamentarían, todos y cada uno de ellos, tener que vérselas con Ida B.

Sentí extenderse la dureza de mi corazón por mis brazos, mis piernas y mi cabeza; sentaba bien. Saldría victoriosa.

Aquella noche subí a la montaña y me puse frente al viejo árbol blanco y desnudo:

—Muchísimas gracias por sus amables y sabias palabras del otro día —dije, más empalagosa que el jarabe de maíz—. Debo decir que, ciertamente, me llegaron al corazón.

—Sip —proseguí, como miel y azúcar morena y melaza batidas—, tengo que decirle que me siento mucho mejor después de nuestra pequeña charla. Incluso espero que ocurran cosas grandes y maravillosas. Gracias por consolarme.

Me quedé allí de pie sonriendo un minuto, para que se creyera de pe a pa lo que acababa de decirle.

Entonces aullé:

—¡Pedazo de árbol viejo y estúpido! —y le pateé el tronco tan fuerte como pude, tan fuerte que los pies me dolieron un montón, pero ni chisté siquiera. Bajé la montaña cojeando y me fui a la cama sin decir buenas noches.

A partir de ese momento no pensaba escuchar a nadie ni a nada que no fuera yo misma y mi nuevo corazón; y así seguiría durante mucho, mucho tiempo.

Capítulo 13

Después de aquello, todo pasó muy deprisa. El domingo por la noche preparé lo que me iba a poner al día siguiente: vaqueros negros, camiseta negra, calcetines negros. Y si hubiera tenido ropa interior negra me la hubiera puesto, de propina. Papá envolvió mi comida, y mamá me preguntó si quería llevar cintas en el pelo.

—No, gracias —dije, sin mirarla siquiera, porque no quería ponerme elegante para ser arrojada, de cabeza, al Pozo Expiatorio de la Agonía de Nunca Acabar. Pero esa parte no la dije.

Me acosté, y después de un par de minutos mamá llamó a mi puerta y preguntó:

—¿Puedo entrar?

—Bueno —le dije.

Se sentó en el borde de la cama y me miró un instante, pero yo contemplé fijamente el techo, como si allí hubiera algo de vital importancia. Ella se inclinó, me puso la mano en la cabeza y enredó sus dedos en mi pelo. Decidí no disfrutar de aquella sensación ni de aquel momento. Para lograrlo me vino muy bien que mi corazón me distrajera recordándome una y otra vez: "Ha roto su promesa. Está de acuerdo con papá. Te obligan a ir". Eso funcionó.

Al poco rato sentí un plonc, plonc, plonc sobre mi chaqueta de pijama, y una mancha húmeda apareció en mitad de mi pecho. Miré a mamá y vi rodando por sus mejillas grandes lágrimas que caían sobre mí.

—Lo siento mucho, Ida B —dijo.

Y, a pesar de mi corazón de piedra y su decisión, sentí una bola de congoja subiendo por mi pecho hasta mi garganta. De no sé qué modo una riada de lágrimas se había colado a hurtadillas en mi cabeza, mientras mi nuevo corazón cavilaba, y hacía presión por detrás de mis ojos intentando desbordarse. Sin embargo tenía que arreglármelas para no llorar, en especial delante de mamá o de papá. Mi nuevo corazón les dijo a mi tristeza y a mis lágrimas:

—¡Ni hablar! ¡De salir, nada! ¡Os volvéis por donde hayáis venido!

Pero la tristeza es una enemiga poderosa, más difícil aún de disimular que la alegría, y fue una lucha terrible. Me dolía la garganta y parecía que me iban a estallar los ojos, pero continué diciendo: "¡NO! ¡NO! ¡NO!", y al final, poco a poco, se dio por vencida.

Puedo admitir lo siguiente: aunque había decidido que ya no me gustaba mamá, me dolía ver su tristeza. Una parte de mí quería ayudarla, pero sabía que si decía algo o la tocaba o me movía un milímetro, mi propia tristeza aprovecharía la ocasión para alzarse de nuevo y salir en tropel, y no habría forma de pararla. Nunca.

Así que me limité a mirar a mamá.

Por último ella se inclinó, me besó y dijo:

—Buenas noches, nena —y se fue.

Capítulo 14

—En la parada de autobús del final del camino a las siete y media en punto, Ida B —dijo papá por la mañana durante el desayuno, aunque ya me lo había dicho tres veces el día anterior.

—Gruunff —contesté, con lo que se parecía más a un gruñido que a un sí, pero no tanto como para meterme en líos.

—Ida B... —empezó mamá por segunda vez sin acabar la frase. No averigüé.

Después del desayuno me cepillé los dientes, agarré mi mochila, caminé hasta la parada de autobús y esperé. Había salido de casa antes de tiempo para no hablar con papá y mamá, y no tener que escuchar cosas como: "Todo irá bien".

Llovía y hacía viento, pero no saqué el paraguas que me había metido mamá en la mochila. La lluvia me empapó las piernas y me acribilló la cara y los ojos hasta que me dolió todo, pero estaba contenta porque aquello me sacaba de quicio y me hacía perseverar en mi intención de estar de muy malas pulgas cuando llegara al colegio. Y cuando el autobús arrancó miré al frente sin volverme para ver si mamá me saludaba desde la ventana o papá vigilaba desde el porche.

—Buenos días —dijo el conductor, sonriente y alegre.

—Buenas —contesté metálica: fría, dura y seca.

Subí los escalones y me paré en el pasillo. Entrecerré los ojos todo lo que pude para que mi apariencia reflejara lo malvada que me sentía. Pero cuando tus ojos son como dos rendijas todo se vuelve borroso, así que los pasajeros se convirtieron en borrosos nadies. Nadies a quienes no tenía el menor interés en conocer, en cualquier caso. Caminé de esa guisa por el pasillo, viendo bultos, buscando un asiento libre.

Como por en medio encontré un sitio para mí sola. Me senté allí y contemplé la parte trasera del asiento delantero con ojos de láser y boca preparada para gruñir, pensando todo el rato *odio* esto, *odio* esto, *odio* esto.

Otros diez niños subieron al autobús antes de llegar al colegio, pero ninguno se sentó a mi lado. Debía estar emitiendo una maldad de mil demonios de lo más terrorífica. Era como si me rodeara una negra nube de aire fétido y repugnante en la que nadie quisiera entrar por miedo a sufrir atroces dolores o terribles heridas.

Al llegar al colegio salí del autobús en fila y, del mismo modo, entré en el edificio con todos los demás. Entonces seguí las flechas que llevaban a la oficina y me planté delante del gran mostrador de madera.

—¿En qué puedo ayudarte? —preguntó una señora que hubiera considerado agradable si hubiera estado dispuesta a creer que alguien de allí era agradable y si hubiera podido verla bien, porque mis ojos seguían siendo rendijas.

—Soy Ida Applewood —contesté.

—Muy bien, Ida Applewood, ¿qué puedo hacer por ti?

Incluso con mi visión borrosa hubiera asegurado que sonreía. Se sabía por el sonido de su voz. Odioso.

—Soy nueva —dije, y se sabía por el sonido de mi voz que su felicidad no era contagiosa.

—Vamos a ver adónde tienes que ir.

"A casa", quiso decir mi cabeza, pero mi nuevo corazón de piedra la hizo callar. De repente vi mi casa, la olí y la sentí, y la extrañé de mala manera. Pero antes de empezar a lloriquear y balbucear soltándolo todo, mi corazón me detuvo. Me recordó que aunque mi sitio no estaba en la escuela primaria Ernest B. Lawson, ya tampoco estaba en casa. Y me puse furiosa otra vez, como debía ser.

—Aquí lo tenemos —dijo, como si me comunicara una gran noticia—. Estás en la clase de la señorita Washington. Tienes que ir al aula ciento treinta; uno, tres, cero.

—Para llegar a tu clase —continuó— sal por ahí y gira a la izquierda; es la tercera puerta a la derecha. Verás un cartel que dice señorita Washington, cuarto curso. ¿Lo has entendido?

—Sí, señora —dije, con un poco de asco.

Porque en aquel instante, mientras me volvía para dirigirme a la Mazmorra del Aburrimiento Mortal que a buen seguro era la clase 130, estaba hasta arriba de sufrimiento y necesitaba soltar un poco antes de que aumentara a niveles peligrosos y saliera disparado en forma de vómito maligno que arrollara todo a su paso, inocentes preescolares incluidos.

—¡Qué pases un buen día, Ida! —dijo la mujer esa por detrás.

No contesté. Cuanto menos palabras más claridad, pensaba yo, para quien corresponda.

Capítulo 15

Me detuve en el umbral de la clase 130 un minuto para asimilarlo todo y hacer como los soldados antes del combate: estudiar al enemigo, trazar un plan, armarse, atacar.

Todavía había niños colgando sus abrigos, hablando unos con otros, sacando los libros y emitiendo sonidos alegres. Comenzaba a salir el sol y las ventanas brillaban. Los tablones de anuncios estaban llenos de arco iris, dibujos y palabras a todo color. En el otro extremo de la clase no había pupitres, sino una bonita alfombra y estanterías con libros que parecían de verdad, no de texto. Sólo faltaban unos cuantos pajaritos y música alegre.

Me imaginé que aquella era la señorita Washington: estaba sentada en una silla de niño, con la barbilla apoyada en la mano, escuchando a una niña que se mordisqueaba los dedos y hablaba al mismo tiempo.

Aquel sitio parecía cálido. No cálido de temperatura, sino un lugar donde uno se podía sentir a gusto. Una parte de mí lo supo, pero mi corazón se negó a admitirlo.

Así que continué mirando a mi alrededor, haciendo una lista de todo en mi cabeza para poder usarla, llegado el caso, en mi plan de mantenerme desconocida, desincorporada y desinteresada.

—Vaya, hola —escuché decir a una voz sonora y amistosa. Miré al lugar del que procedía y vi a la señorita Washington mirándome y dirigiéndose hacia mí. Aquella mujer era como un camión: grande, poderosa y directa. Pero se movía con suavidad y sin hacer ruido, como un modelo de lujo de primerísima calidad.

—¿Eres Ida? —preguntó, sonriendo mientras se aproximaba.

Me dejaron tan sorprendida ella, su voz, su tamaño, y que me impresionara a seis metros de distancia que me quedé allí como un pasmarote. Cuando me recompuse, lo único que pude hacer fue asentir con la cabeza.

—Bienvenida, Ida. Soy la señorita Washington —dijo, y extendió la mano para estrechar la mía.

Yo se la di, no porque quisiera, sino porque no podía pensar a derechas. La señorita Washington, polo opuesto de lo que me había imaginado, interrumpió temporalmente mi evaluación del enemigo y mi plan, pero eso iba a durar poco. Miré bajar y subir mi mano, parecía una bomba de agua.

—¿Por qué no te quitas el abrigo y lo cuelgas? Después te lo enseño todo —dijo.

Fui al cuarto de los abrigos y, al volver a su lado, ya había recuperado mi espíritu de lucha.

—Niños, esta es Ida Applewood, de ahora en adelante va a estar con nosotros —les dijo a los alumnos.

—Hola, Ida —canturrearon ellos.

Allí de pie les dediqué un lánguido saludo mano arriba mano abajo de Miss América la Hecha Polvo.

—¿Por qué no le vais diciendo a Ida vuestros nombres y algo de vosotros? —dijo la señorita Washington.

Había una niña llamada Patrice con camisa reluciente, uñas relucientes y pasadores relucientes, que dijo que su mejor amiga era Simone. Había un niño llamado Calvin que me dijo que lo que más le gustaba en el mundo era hacer los deberes, mientras dedicaba una enorme sonrisa a la señorita Washington. Y había una niña llamada Claire a quien lo que más le gustaba era leer, jugar con sus amigos y viajar con su familia, y se ofreció a enseñármelo todo si yo quería. Había un montón más, y todos sonreían como si les encantara conocerme y les encantara estar allí, y todo lo que pude hacer fue mirarlos y ser educada.

"¡Tontos! —me hubiera gustado decir, y no es que acostumbre a usar ese lenguaje—. Lo que pasa es que no sabéis nada de nada. Pero yo sé que esto es un horror".

—¿Te suelen llamar Ida o prefieres que te llamen de otra forma? —oí preguntar a la señorita Washington.

Sabía que se dirigía a mí, pero no podía creer lo que estaba oyendo. Era como si tratara de decirme que todas mis tribulaciones con la señorita Myers sólo habían sido un mal sueño, que el colegio era en realidad un lugar luminoso y alegre como éste, y que mañana, de paso, iban a llover dólares de plata.

Parecía tan sincera y tan afectuosa que casi quise medio creerla. Pero no lo hice. Ni lo pensaba hacer en un millón y medio de años.

—No. Sólo Ida —contesté.

—¿Quieres contarnos algo sobre ti? —me preguntó.

Bueno, en fin, había unas cuantas cosas que mi boca rabiaba por soltar, pero decidí que decir "odio el colegio y todo lo que se relacione con él, y estoy absolutamente convencida de que estar en esta clase me sorberá el seso antes del fin de semana" el primer día de clase en la escuela elemental Ernest B. Lawson no era quizá el mejor plan, aunque fuera el que más verdades contenía.

—No, señorita —me limité a decir.

—Bien, como quieras —respondió ella; se quedó un poquito decepcionada pero no insistió—. Pues vamos a empezar.

Y todo fue bien. No estupendo, pero tampoco fue la experiencia más terrible, insoportable y miserablemente dolorosa del mundo.

Nadie me molestó ni se burló de mí. Me sonrieron y yo los miré, inexpresiva, como si no estuvieran allí: una táctica de lo más efectiva para que la gente se sienta incómoda y asegurarse de no hacer amigos.

Hice los ejercicios, me puse en fila, obedecí las reglas, respondí cuando se me preguntó, no hablé cuando no me tocaba, y todo fue bien. Mejor que estar enterrada en un hormiguero con una boa constrictor alrededor del cuello y alubias embutidas en la boca.

En el recreo salimos al patio. Yo me senté en los escalones de la entrada, puse la barbilla sobre las rodillas y miré al vacío.

Una de las niñas de mi clase, la que se llamaba Claire, vino corriendo, se paró frente a mí y preguntó:

—¿Quieres jugar con nosotros, Ida?

—No —dije de sopetón y sin pensar, porque mi plan era ese: nada de amistades, nada de juegos, nada de sonrisas, nada de felicidad.

—Bueno —contestó, con aspecto sorprendido y quizá herido, y se fue.

Me sentí una pizca mal respecto a lo de no ser ni siquiera amable, pero sabía que hacía bien porque la cuestión era ésta:

¿cómo vas a correr y jugar cuando te sientes como si cada parte de tu cuerpo estuviera aprisionada por ladrillos de la más pesada tristeza? ¿Cómo vas a reír y hablar cuando no te quedan risas por dentro?

Cuando llevaba allí sentada tanto tiempo que tenía la espalda entumecida, la señorita Washington se sentó a mi lado, tan cerca que notaba el calor que desprendía. Olía a mantequilla de cacahuete y a flores de verano.

—¿Qué tal va todo, Ida? —dijo, segura, mirando al frente como yo.

—Bien.

—¿Quieres que hablemos de algo?

Me mantuve fiel a mi respuesta estándar:

—No, señorita.

—Está bien —dijo—, cuando quieras hablar yo estaré dispuesta a escuchar.

Y a pesar de que yo pensaba que tal frase ocupaba el quinto lugar en la lista de cosas más tontas jamás dichas por adultos, la señorita Washington no me pareció demasiado tonta cuando lo dijo.

Me dio un minuto para que me ablandara y cediera, porque ella no sabía nada sobre mi corazón y su plan, ni que tenía que vérselas con una voluntad firme e indomable.

—Bueno, entonces nos vemos dentro —dijo por último, después de un buen rato de silencio. Y me tocó el brazo mientras se levantaba. Lo suficiente como para seguir sintiéndolo cuando se marchó aunque no demasiado como para que me importara.

—Sí, señorita —contesté.

Capítulo 16

La Cárcel Amarilla a Propulsión me soltó en el mismo sitio en el que me había atrapado por la mañana.

—Hasta mañana —aulló el conductor mientras cerraba las puertas. Y fue lo peor que podía haber dicho.

Ya estaba otra vez rebosando malas pulgas.

Allí de pie, al final del camino, me di cuenta de que había estado tan ocupada pensando todo el día en el colegio, que no había planeado nada sobre lo que iba a hacer cuando llegara a casa. Lo único que sabía era que no quería hablar con nadie, porque no tenía dentro nada bonito que decir. Lo que sí tenía era un montón de cosas que me meterían en líos si las decía, especialmente si papá las escuchaba.

Pero no había ningún papá vigilando desde el porche, y mamá no estaba en la parada ni miraba por la ventana. Esperaba que tampoco estuviera levantada, porque si me veía querría hablar.

"¿Qué tal lo has pasado?", preguntaría.

Y después me miraría con sus ojos cansados, y hasta las malas pulgas se me evaporarían un instante. Me quedaría allí con la boca cerrada, tensa, los labios apretados, sellados y grapados para contener las palabras airadas que intentarían salir por mi boca y llegar hasta mamá.

Pero ella me lo volvería a preguntar:

"Nena, ¿cómo te ha ido?", y mi corazón sería incapaz de dejar pasar una segunda oportunidad. Y mi boca dispararía palabras que la alcanzarían.

Palabras como:

"¿Y a ti qué te importa?" y "has roto tu promesa" y "¿has visto a mis padres?, porque los míos han desaparecido y tengo que vivir con dos personas que no cumplen sus promesas y que no se preocupan por mí y que son sencillamente malos". Frases que harían llorar a mamá, y quizá a mí también, y que me lanzarían en brazos de los mayores problemas jamás habidos.

Necesitaba un plan para evitar a mamá, así que anduve muy despacio por el camino para tener tiempo de pensar alguno. Cuando llegué a la puerta de entrada ya sabía lo que iba a hacer.

"Hola", pensaba decir muy educadamente si me estaba esperando. Entonces, cuando me preguntara qué tal me había ido, le diría: "¿Me disculpas un momento? Tengo una urgente necesidad que debo satisfacer de inmediato". Cruzaría las piernas, como haces cuando tienes esa necesidad, arrugaría la cara como si estuviera a punto de explotar, subiría a saltos las escaleras, pasaría tres minutos y veintidós segundos en el baño, y tiraría de la cadena dos veces, para que pareciera real. Después iría a mi habitación y haría un cartel que dijera:

Niña ligeramente enferma
(no tanto como para que sea
necesario tomar la temperatura)
y cansada.

Por favor, no molestar
hasta mañana.

Al final dibujaría a Lulú sentada frente a mi puerta, enseñando los dientes y bufando: "¡NO ENTRAR, *por favor*!".

De ese modo no tendría que soltar auténticas mentiras, ni me escaldaría a mí misma como estofado de Ida B para la cena.

Abrí la puerta una rendija y atisbé el interior para ver lo que me esperaba. Pero mamá no estaba en la silla grande ni en ninguna otra parte. Abrí del todo, cerré con mucho sigilo y subí de puntillas las escaleras.

Justo cuando ponía el pie derecho en el último escalón, oliendo la libertad pero sin saborearla aún, ¿quién salió de la cocina, saltando y ladrando y esparciendo babas, como si no me hubiera visto en veinte años?: Rufus.

Mi plan en pleno se fue correteando a la chimenea, subió por el conducto y desapareció en el cielo.

—¿Ida B? —preguntó mamá desde la cocina.

—Sí, mamá —contesté pasándome la mano por la cara para quitarme los jugos bucales de Rufus y lanzarle de paso una mirada asesina.

—Ven a la cocina, cariño.

—Tengo que ir a mi cuarto a hacer los deberes —es lo que mi cerebro pensó para tener oportunidad de escapar, así que lo solté.

Pero me contestó otra voz: la del Ayudante de la Fatalidad y el Desastre:

—Ida B, ven a la cocina —ordenó papá.

Aquel fue el fin de toda esperanza. Bajé la cabeza y arrastré la mochila, preparándome para lo peor.

Allí estaban los dos, uno a cada lado. Decidí dejar que empezaran ellos.

—¿Tienes hambre, Ida B? ¿Quieres comer algo? —preguntó mamá.

—No, gracias —contesté.

—Cariño —mamá lo volvió a intentar—, ¿quieres sentarte y que hablemos un poco?

—Estoy algo cansada —dije a la mesa—, y tengo que ir al baño —añadí, salvando una pizca de mi plan inicial. Empecé a darme la vuelta.

—Espera un momento, Ida B —dijo el Maestro de Crueldad.

Me quedé helada; lo único que veía era el recibidor, y sendero de mi liberación, por el rabillo del ojo izquierdo.

—¿Qué tal te ha ido? —preguntó papá.

Buf, me llevó un minuto sobreponerme a la impresión de que fuera precisamente él, de entre todas las personas, quien me hiciera esa pregunta. Sobre todo porque estaba segura de que no quería escuchar la Respuesta Brutalmente Sincera y Ciento Diez por Cien Cierta de Ida B.

Y, en ese momento, tuve que enfrentarme a un dilema. Tenía que contestar algo, y ese algo, además de no traicionar al plan de mi corazón, no debía despertar al mal genio de un papá que no toleraría un algo demasiado grosero.

Así que elegí la opción que me pareció mejor, aunque ni por asomo fuera buena:

—Bastante bien —dije.

Pero en mi cabeza imaginé "bastante bien" como B.B., iniciales de Bochornosamente Bergonzoso. Ya sé que está mal escrito, pero fue lo mejor que se me ocurrió.

Entonces miré a papá a los ojos y dije:

—¿Puedo irme ya, por favor? —no había ira en las palabras elegidas pero sí en mi voz y en mis relampagueantes ojos.

—Ida B... —empezó papá, levantado la voz y enderezándose. Se estaba inclinando hacia delante, se estaba acercando por si tenía que agarrarme.

Sin embargo, mamá le detuvo:

—Evan —dijo, tan triste que no le fue preciso levantar la voz—, déjala ir.

Papá continuó mirándome pero, después de un minuto o dos, dejó de inclinarse hacia mí.

Y yo me escabullí a toda prisa a mi habitación.

Capítulo 17

Una noche mientras cenábamos, dos semanas después, papá me dijo:

—Hemos vendido los terrenos, Ida B. A una familia. Y van a conservar algunos de los árboles.

—Quizá tengan hijos de tu edad, nena —añadió mamá, que parecía encontrarse mejor con el nuevo tratamiento, aunque yo no lo tenía muy claro porque intentaba hablar lo menos posible y mirar a los ojos lo menos posible, a esos dos en particular—. ¿No sería estupendo tener amigos tan cerca?

—Estupendo —dije en el modo habitual de dirigirme a ellos: emitía palabras que no decían nada a nadie.

Ese sábado los constructores llevaron a los terrenos un *bulldozer* y una excavadora para quitar parte del huerto y empezar a preparar la cimentación de la casa de la gente esa, gente que no conocía pero de la que sí sabía que su sitio no era aquel.

Rufus y yo caminamos hasta el final del valle, nos sentamos en el bosque y contemplamos todo un momento. Esta vez entrecerré los ojos de verdad, pero de verdad, lo más posible, con las rendijas más finas, y envié mensajes telepáticos a los obreros: *¡Fuera! ¡Os habéis equivocado de dirección!*

Pero en cuanto empezaron a talar los árboles y a arrancar las raíces, se me revolvió el estómago, me temblaron los brazos y las piernas, y me dio vueltas la cabeza. Tuve que levantarme y volver corriendo-temblequeando a casa, con Rufus mirándome, sonriendo y babeando, convencido de que jugábamos. Sólo fui capaz de arrastrarme hasta mi habitación, tumbarme en la cama y taparme los oídos con la almohada para no escuchar los chasquidos de los troncos y el chirriar de la maquinaria.

"Lo siento, lo siento, lo siento", repetía una y otra vez.

Cuando todos esos terribles ruidos acabaron me quedé allí tumbada, sin hacer nada, durante mucho tiempo, enferma, cansada y aturullada.

Y entonces a mi nuevo corazón se le ocurrió un plan.

Desde aquel día en el granero con papá, lo único que me importaba era trazar un plan para salvarme a mí misma y al valle. Pero, por más que deseé, esperé y envié diez clases de oraciones distintas para que se me ocurriera uno bueno, no hubo manera. Era como si todas las ideas interesantes y los emocionantes proyectos que me habían estado rondando por la cabeza se hubieran esfumado, porque esas primeras semanas de colegio no me habían dejado dentro más que infelicidad. Una infelicidad del tipo silencioso, encima, de la que no hace nada y habla menos. Cada tarde llegaba a casa, hacía los deberes, cenaba, lavaba los platos y me sentaba en la silla grande.

—¿Qué haces, Ida B? —me preguntaba papá.

—Ná —decía yo, sin molestarme en reunir la energía necesaria para decir la palabra completa.

—Oye, ¿y por qué no buscas algo para entretenerte? —decía él, con una voz que no indicaba mera sugerencia.

Así que iba a sentarme en el porche con Lulú en el regazo, acariciándola pero sin prestarle atención, con mi mano tam, tam, tamborileando sobre su cabeza. Ella se cansaba enseguida y me daba un mordisquito para que me enterara de que no le prestaba la atención que se merecía, saltaba al suelo y se marchaba con su indignado rabo en alto como advertencia final. Entonces me quedaba sola, mirando sin ver, oyendo sin escuchar.

Papá salía al porche y me decía:

—Ida B, deja ya de estar así y busca algo que hacer.

Y yo tiraba de mi cuerpo, lo levantaba y trataba de buscar otro sitio donde meterme.

No podía ir al huerto. Los manzanos no querrían saber nada de mí. Y susurrarían cosas como:

"¿Te has enterado de lo de Philomena? La han talado, pobrecita".

"¿Quién será el siguiente? ¿Qué hará esta gente a continuación?", preguntarían.

"Si yo pudiera, arrancaría mis raíces y me mudaría al otro lado de la montaña, lo juro. Este lugar se está cayendo a pedazos", dirían los que quisieran hacerse los valientes.

Pero lo peor eran los ruidos que hacían por la noche. "Ohhhhhhh, ohhhhhh", gemían, mientras el viento y las ramas bailaban juntos su danza fúnebre y las hojas se movían diciendo adiós a los espíritus de sus amigos.

Sin embargo no me mantuve alejada porque fueran a ignorarme, sino porque me daba miedo que me hablaran. Me daba miedo que me preguntaran:

"¿Por qué no nos has ayudado, Ida B? ¿Por qué no nos has protegido?".

Y yo no hubiera sabido qué contestarles, excepto que yo también me sentía como talada.

Por eso me sentaba al lado de la montaña, agradeciendo que las estrellas estuvieran a la distancia suficiente como para casi no oírlas, lejos del huerto, del arroyo y del árbol anciano, hasta que papá me llamaba:

—¡Ida B! ¡Hora de volver a casa!

Entonces volvía, me acostaba, y al día siguiente hacía exactamente lo mismo.

Pero ahora mi corazón me había proporcionado un plan. Tenía una misión, un propósito, y muchas, muchas cosas que hacer.

Acababa los deberes a toda prisa y me encerraba en mi habitación hasta la hora de la cena. Después de cenar me apresuraba con los platos y desaparecía hasta la mañana siguiente. Estaba intentando nada menos que corregir los errores, volver bueno lo malo y detener la locura que con prisa pero sin pausa iba dominando mi valle. Yo era Ida B, Super Heroína De Lujo, Amiga de los Oprimidos, Enemiga del Cáncer, de la Mezquindad, de la Destrucción Mecánica y de la Escolarización Tradicional.

Hice un dibujo, con la montaña al fondo y los restos de la escuela primaria Ernest B. Lawson en primer plano. No eran más que un puñado de escombros, y la única forma de saber lo que habían sido era reunir algunas de las palabras de su también diezmado letrero. Yo estaba suspendida sobre la pila de ruinas, momentos después de su destrucción.

Antes del colapso, mi Super Ayudante Rufus sacaba a todos los hombres, mujeres y niños del edificio. A renglón seguido descendía yo del paraíso y, con el puño en alto, embestía contra la cúpula del colegio. Con ese único golpe propinado en el lugar preciso lo pulverizaba todo. Llevaba pantalones morados, camisa morada, calcetines y deportivas moradas. Mis trenzas flotaban a mi espalda y sonreía ampliamente.

Los restos del colegio estaban rodeados de manzanos, y Rufus y todos los niños estaban a salvo en sus ramas, comiendo pastel. El arroyo pasaba entre las ruinas y en él flotaban maestros, director y secretaria, todos con salvavidas, camino de Canadá.

Era un dibujo tremendo. Lo puse en la parte interior de mi puerta y ni siquiera traté de esconderlo.

A continuación empecé con la parte que debía amedrentar y ahuyentar a los nuevos vecinos. Busqué en nuestra enciclopedia las cosas más peligrosas y mortíferas del universo, y las llevé al valle.

CUIDADO CON LAS SERPIENTES VENENOSAS, proclamaba un cartel, y contenía dibujos de una serpiente de cascabel, una cobra y una boa constrictor comprimiendo mortalmente a una mujer aterrada, con los ojos saltones a causa de la presión. En la parte de abajo había un hombre, con dos sangrientas marcas de colmillos en el tobillo, cuya vida había acabado obviamente con gran agonía.

TARÁNTULAS DIVISADAS AQUÍ, anunciaba otro con la araña más grande y de pelaje más negro jamás vista, preparada para agarrarte con sus horripilantes tenazas.

HAY TORNADOS SEMANALES, decía un tercero, con un dibujo de un remolino que se llevaba una casa muy arregladita, una mamá, un papá, dos niños gritones y un perro a quién sabe dónde.

PELIGRO: MOSCAS TSETSÉ; HUSKY FEROZ, GIGANTE Y HAMBRIENTO, ESCAPADO DE TIENDA DE ANIMALES, VISTO EN LA VECINDAD; SE ESPERA PLAGA DE LANGOSTA ESTE AÑO, advertían algunos de los otros, con sus correspondientes dibujos.

Sabía que algunas de esas cosas no ocurrirían en toda nuestra vida, pero esperaba que nuestros vecinos no estuvieran tan bien educados. Usé un montón de palabras altisonantes para que parecieran verdaderos y los firmé con el nombre del jefe de policía: Vernon Q. Highwater.

Eran obras maestras del terror.

Cuando tuve alrededor de cuarenta fui volando al solar de la nueva casa y los puse por todas partes: en los postes de teléfono de la carretera, en los árboles que quedaban en pie, en el hormigón de los cimientos. Hasta en la estructura a medio construir.

Y empecé a coleccionar cosas y a dejárselas de regalo en la cimentación: serpientes, arañas, gusanos y babosas. El sitio iba a parecer tan malo y tan terrorífico y tan desagradable que volverían a su casa del pueblo y no querrían vivir aquí nunca jamás. Le devolverían *gratis* la tierra a papá, para no tener que preocuparse por un brote de peste bubónica o por los caimanes de los huertos.

Capítulo 18

En el colegio, la señorita Washington trataba de vencer mi determinación.

Durante el recreo me sentaba siempre en los escalones. Todos los días ella se sentaba un rato conmigo y decía:

—¿Quieres que hablemos de algo, Ida?

Y todos los días yo respondía:

—No, señorita.

Pero cada vez me costaba más y más decir "no, señorita" sin mirarla, y actuar como si fuera una extraña y como si fuera verdad que no quería hablar con ella.

Cuando alguien se dirige a ti un día tras otro y te pregunta cómo estás y no dice nada para llenar tu parte de la conversación, sino que deja que decidas si la quieres llenar tú o no, cuesta pensar que es tu enemigo o mantenerlo alejado de tu corazón. Es difícil no confiar en alguien así.

Y hacía flaquear mi determinación incluso sin proponérselo.

La señorita Washington nos leía después de la comida, y su voz era como diez instrumentos musicales. Podía hacer que fuera baja, profunda y potente como una tuba o hop, hop, hop, rápida y ligera como una flauta.

Cuando leía, su voz me envolvía la cabeza y el corazón, y todo lo demás se suavizaba y se iluminaba. El corazón me dolía, y el dolor me sentaba bien. Cuando la señorita leía historias me hacía desear leerlas a mí. Quería leer como ella, quería sentir constantemente lo que sentía al escucharla.

Además la señorita Washington leía libros de los buenos, no de esos tontos que sólo sirven para enseñar a los niños a comportarse. Los chicos de sus libros hacían cosas divertidas, valientes y mágicas.

Un día se acercó a mi pupitre y puso un libro encima.

—He pensado que te gustaría leer esto —susurró.

Yo me limité a dejarlo allí, como si no me interesara lo más mínimo. Después lo eché en mi mochila al acabar las clases. Ya en casa, lo saqué en mi habitación, con la puerta cerrada. Ella tenía razón: me gustó. Una barbaridad. Pero no podía decírselo.

Practiqué lo de leer en alto con Lulú y Rufus, pero en mi habitación, y bajito, para que mamá y papá no me oyeran. Rufus cerró los ojos y pareció tan feliz y pacífico como apuesto que parecía yo cuando la señorita Washington leía. Lulú se aburrió enseguida y empezó a arañar la puerta para salir, pero no me importó ni me lo tomé como algo personal.

Me gustaba transformar palabras en historias mediante el sonido de mi voz.

Después de dos semanas empecé a llamar "señorita W." a la señorita Washington, pero sólo en mi cabeza.

Un miércoles, durante la hora de silencio para leer, le eché un vistazo para ver qué hacía. Y allí estaba, con la barbilla en la mano, dando golpecitos con el lápiz sobre la mesa y mirándome directamente. En cuanto vio que la miraba, sonrió, se levantó de la silla y se acercó.

Vaya, sé la apariencia que tiene una persona cuando se le ha ocurrido un plan. Hubiera dicho que aquella mujer estaba cocinando uno gordo, y que el principal ingrediente era yo. Y yo no pensaba tomar parte en él, porque así lo había decidido mi corazón.

Sin perder un segundo, dejé de mirarla y me puse el libro delante de la cara, aparentando que estaba demasiado ocupada como para que me molestaran. Pero la señorita W. tenía una misión y no iba a dejarse amilanar.

Lo primero que hizo fue sentarse a mi lado; yo metí la nariz en el libro. Después inclinó su cabeza hacia la mía y con mucha suavidad, casi susurrando, dijo:

—Ida, tengo que pedirte un favor.

Sentí que un cosquilleo me subía por el cuello y me bajaba por los brazos, como si se me fuera a poner toda la carne de gallina, porque me hablaba cerca del oído con sonidos dulces, igual que hacía mamá.

—Necesito que ayudes a Ronnie con las tablas de multiplicar —dijo, ronroneando como un gatito—. ¿Crees que podrás hacerlo? Enséñaselas tal como tú las hayas aprendido.

En fin, así fue como me engatusó, y ni siquiera fui capaz de abrir la boca. Mi duro corazón quería dirigirse a ella y decir, frío y cortante: "Casi que no, señorita Washington", y retirar con brusquedad mi cabeza y se acabó.

Pero, en lugar de eso, seguí escuchando su voz en mi oído y allá que se fueron todos mis propósitos. Y asentí, sin decir nada, sin emitir ni un solo ruido como "ujum" o "ajá" o "sí, señorita", porque eso hubiera interrumpido el recuerdo de esa voz dulce y amable que me pedía algo. Esa voz que me recordó lo que se siente al ser amada.

Capítulo 19

Ronnie DeKuyper era pequeño y rubio, y corría más que nadie de nuestro curso. Casi siempre sonreía, y si alguien iba a simpatizarme, supuse que podía ser él. Era amistoso de verdad, incluso cuando la gente se comportaba de forma algo grosera, y nunca fastidiaba a otros niños. Pero se le daban mal las matemáticas.

No se le daba mal sumar ni restar, pero al multiplicar metía tanto la pata que cada vez que levantaba la mano o salía a la pizarra, yo cerraba los ojos y desconectaba, porque sabía que lo iba a hacer mal. A veces pensaba:

"Ronnie, chico, tendrías que retirarte".

Pero él seguía intentándolo, y yo lo respetaba porque no se rendía, aunque lo suyo me pareciera una batalla perdida.

Así que se suponía que debía sentarme a su lado en la hora de estudio y enseñarle las tablas de multiplicar tal y como yo las había aprendido. Pero yo no recordaba cómo, sólo sabía que mamá y papá me las habían dicho una y otra vez, y me habían hecho repetirlas y me preguntaban cosas, y yo hice lo que me dijeron y las aprendí enseguida.

Ronnie parecía avergonzado de que yo le enseñara porque la primera vez que me acerqué a su pupitre, se limitó a mirarse los pies. Bueno, sé que es duro que algo no se te dé bien y sé que es duro necesitar ayuda. Por eso en lugar de no decir nada o de esperar a que él dijera algo, lo que hubiera sido lo corriente para mi corazón duro, acabé diciendo:

—Hola.

Porque no me gustaba nada ver que el amistoso y feliz Ronnie Corredor Veloz se sentía tan mal y tan a disgusto consigo mismo.

—Hola, Ronnie —repetí mientras me sentaba a su lado, y aquella era la primera vez que decía "hola" a otro niño desde que empecé a ir a la escuela, hacía ya tres semanas.

Creo que Ronnie no era consciente de la enormidad de mi esfuerzo, porque sólo farfulló:

—Hola —y continuó mirándose el zapato, como si deslizarlo por el suelo fuese lo más interesante del mundo.

Bien, si hubiera hecho lo mismo el coco-sabiondo de Calvin Fairbault, que se cree demasiado inteligente para sus propias reflexiones, hubiera dicho que estaba siendo grosero. Pero éste era Ronnie, y era un buen chico que pasaba momentos difíciles. Mi corazón de piedra se ablandó una pizca, a mi pesar.

Le hablé muy bajito, para que nadie más pudiera escucharnos y a él se le pasara un poco la vergüenza:

—¿Quieres jugar a una cosa conmigo, Ronnie?

Él me miró, de reojo, para saber si hablaba en serio, le tomaba el pelo o, sencillamente, me había vuelto loca.

—¿Qué clase de juego? —preguntó.

—Un juego mental —dije—. Como una carrera de obstáculos para el cerebro.

—No se me dan muy bien las cosas del cerebro —masculló, y volvió a enfrascarse en el zapato.

—Sí, sí se te dan bien, lo que pasa es que no lo sabes —afirmé—. Ronnie, ¿corres mucho?

—Todo el rato.

—Apuesto a que si yo corriera todo el rato sería tan rápida como tú.

—Lo dudo —contestó, lo cual me fastidió un poco, pero al menos me miraba a los ojos y se le había pasado la vergüenza. Estaba listo para empezar.

—De cualquier forma —continué, soltando una mentirilla—: todo es cuestión de práctica. Para jugar este juego tenemos que practicar, y después jugaremos. Si no practicas voy a ser yo quien te gane siempre pero, si practicas, a lo mejor me ganas tú de vez en cuando. ¿Quieres jugar o no?

Bueno, habíamos llegado a un punto en el que, o Ronnie se consideraba insultado, me escupía en el zapato y decía "olvídalo", o se picaba y decía "eso ya lo veremos". Y estaba claro que le rondaban las dos cosas por la cabeza, porque me miraba el zapato y movía la boca como si tratara de masticar un gran cacahuete y, al mismo tiempo, deslizaba su zapato por el suelo a tal velocidad que parecía a punto de salir corriendo.

—De acuerdo —dijo por último—. ¿A qué jugamos?

—No sé —respondí—. Podemos jugar a quién llega primero.

—Puf, es un juego de niños. Vamos a jugar a los veinticinco centavos.

Estupendo, me gustaba el plan por dos razones: quería que Ronnie compitiera, porque eso significaba que intentaría ganar y que la cosa no iba a ser tan aburrida como me había temido, y además yo podía sacar algo de dinero.

—Vale —dije, y decidí que cada vez que yo ganara le propondría echar una carrera al salir de clase, para que la ganara él y devolverle el dinero. Una parte, al menos.

Pero tendríamos que correr sin que nos viera nadie para que no pensaran que me estaba divirtiendo.

Entonces le enseñé lo que debía hacer para practicar.

Empezamos con lo más fácil: la tabla del diez. Primero le enseñé que cada resultado se compone del número que has multiplicado más un cero. Después le hice escribir las tablas un montón de veces, y yo las escribí con él para que no se sintiera solo. Tuvimos que repetirlas mucho, del derecho y del revés. Por último nos preguntamos el uno al otro, empezando por lo más sencillo.

—¿Cuánto es dos por diez, Ronnie?

—Veinte. ¿Cuánto es ocho por diez, Ida?

Y así hasta que acabábamos de lo más acalorados.

Dos días después estábamos preparados para el Desafío de Celebridades.

En el Desafío de Celebridades puedes ser quien quieras de la época que quieras, puedes ser incluso el personaje de una novela. Ronnie quería ser Carl Lewis, esa estrella de la pista. Y yo la reina Isabel I de Inglaterra, porque era pelirroja y reinó sin rey ni príncipe ni nada.

Ganaba el que primero acertara veinticinco respuestas. En el primer asalto, preguntas al otro cosas fáciles sobre tablas de multiplicar, pero puedes apretar un poco. Puedes preguntar: "¿Cuánto es doce por diez?", pero también: "¿Cuánto es diez por doce?". En el segundo asalto puedes sumar o restar un múltiplo, por ejemplo: "¿Cuánto es diez por diez, menos dos por diez?". Si necesitas hacer una pregunta de desempate puedes complicarla todo que quieras, pero tienes que jugar limpio.

Se supone que no debes usar papel, pero yo dejé que Ronnie lo utilizara las dos primeras veces. Y le gané. Por mucho.

Pero debió practicar en su casa porque con el tiempo mejoró un montón. A veces quería jugar hasta en la hora de estudio o cuando estábamos en fila para salir y se descolgaba con una tímida pregunta:

—¡Eh, Ida! —decía—, ¿veinticinco centavos por una pregunta? Sólo una pregunta por veinticinco centavos.¡Venga!

Yo, si había gente delante, la mayor parte de las veces ni le contestaba, porque no quería que otros niños pensaran que era amiga de nadie.

Ronnie sólo me ganaba si empezaba primero, y me ganaba bastantes veces. Sin embargo yo no le ganaba nunca cuando echábamos una carrera, aunque no me sacaba demasiada ventaja, lo cual me consolaba un poco.

Corría con él al acabar las clases, mientras los demás esperaban sus autobuses, y si nadie nos veía. Nos íbamos con disimulo detrás del colegio y corríamos desde la primera raya amarilla del campo de juego hasta la valla trasera. Entonces le daba veinticinco centavos, y nos dirigíamos a nuestros autobuses respectivos como si no nos conociéramos.

Yo casi lo pasaba bien con Ronnie, pero nunca me dije a mí misma que fuera mi amigo, porque lo había conocido en la escuela primaria Ernest B. Lawson.

Capítulo 20

Un día, después de comer, la señorita W. dijo:

—Sé que es la hora de lectura, pero creo que hoy no voy a poder leer. Tengo la voz muy mal.

Se puso la mano en la garganta y arrugó la cara como si algo le doliera mucho. Era la misma cara que ponía cuando Simone Martini empezaba a pegar gritos para comunicarse con Patrice Polinski de un extremo a otro de la clase; la señorita W. decía: "Simone, usa tu voz interior. Me lastimas los oídos".

Todos dejaron las conversaciones y los cuadernos casi al mismo tiempo y la miraron con la misma expresión: mezcla de un treinta por ciento de conmoción, un veinte por ciento de incredulidad y un cincuenta por ciento de desilusión.

—¡Vaya, hombre! —exclamó Matthew Dribble bien alto.

Yo sentí como si se me desfondara el estómago y todo lo que había comido me empezara a dar tumbos por las tripas.

—No puedo, tengo la voz muy cansada —dijo la señorita W. y, desde luego, la tenía débil y rasposa—. Y, encima, íbamos a empezar *Alexandra Potemkin y la lanzadera espacial al planeta Z*. En fin, era una pena.

La señorita W. se sentó, apoyó la cabeza en la mano y languideció, como si, además de su voz, todos los huesos de su cuerpo necesitaran un descanso.

—¡Por favor! —rogó Alice Mae Grunderman.

—¡Por favor, señorita Washington! —suplicaron Patrice y Simone a la vez, con los mismos ojos de plato.

Y entonces todo el mundo captó la idea, y aquello se transformó en una especie de canción de un verso:

—¡Por favor, señorita Washington!

Con un coro detrás:

—¡Por favor! ¡Por favor! ¡Por favor!

Pero la voz de la señorita W. se deterioraba a velocidad alarmante, porque ya sólo hablaba en un susurro ronco, y todo el mundo tuvo que tragarse los "por favores" para poder oírla.

—Lo siento, pero no puedo.

Hizo una pausa, y por la expresión de su cara supimos que estaba reflexionando. Nos quedamos callados para que lo hiciera con toda tranquilidad.

—Quizá —empezó, mirándonos y forzando una pequeña sonrisa—, podamos tener un lector invitado, sólo por hoy.

Bueno, era difícil imaginar a alguien que no fuera la señorita W. leyendo, y nos limitamos a quedarnos allí callados un minuto. Después empezamos a asentir con las cabezas y a mirarnos unos a otros y a asentir con más ímpetu y a sonreír, porque nadie quería perderse la hora de las historias, ni Tina Poleetie siquiera, que solía quedarse dormida.

Un par de minutos más tarde la gente empezó a mirar a la señorita W., dando cabezazos con verdadera pasión, ensanchando el pecho y voceando:

—¡Es una idea estupenda!

Y:

—¡Sí, sí, queremos tener un lector invitado!

Debido a que empezaban a percatarse de que alguno de ellos podía ser el Lector Invitado y Estudiante Estelar de la Tarde, querían recordarle a la señorita W. que no sólo eran excelentes lectores, sino también maravillosos seres humanos.

Calvin "Coco-sabiondo" Faribault en especial. Ya había levantado la mano y se ofrecía voluntario a raíz de la amabilidad de su gran, gordo y coco-sabiondo corazón.

Pero la señorita W. ni siquiera le miró.

—Ida, como sé que has leído el libro —me dijo débilmente, como si fuera su última voluntad—, ¿puedes leer hoy el primer capítulo, por favor?

Uy, estaba tan conmocionada, tan avergonzada y tan boquiabierta, que casi no me di cuenta de que los demás niños me miraban fijamente, boquiabiertos a su vez. Transformar palabras en una historia musical, como hacía la señorita W., era lo que más deseaba en este mundo, pero leer una historia en alto frente a mi clase de la Escuela Primaria Ernest B. Lawson era casi lo último que quería. Como no sabía si alegrarme o aterrorizarme, no hice nada.

La señorita W. se levantó, se acercó, pegó su cara a la asombrada y congelada mía, y susurró:

—Ida, necesito tu ayuda.

Y volvió a pasar. Otra vez hipnotizada por aquella mujer. Me sentí como si ella hubiera tirado un palo y yo fuera el perrito que va corriendo a buscarlo, aunque sepa que ha caído en un nido de serpientes situado bajo un arbusto de espinos rociado por una mofeta.

La miré, ya simplemente aterrada, sabiendo que lo iba a hacer pero ignorando cómo.

—Sé que lo harás de maravilla —dijo.

Ya estaba trotando mentalmente, ya iba en busca del palo, aunque acabara atufada y llena de pinchazos.

—¿Quieres sentarte en mi silla? —preguntó.

—Me quedo aquí —masculló.

Puso el libro en mi pupitre, acercó su silla, se sentó a mi lado, echó la cabeza atrás y cerró los ojos.

—Cuando quieras, Ida —carraspeó.

La señorita W. ya me había dado unos cuantos libros para que los leyera porque sólo tardaba uno o dos días en acabarlos, a menos que estuviera trabajando en mi Proyecto para Aterrorizar a la Gente que Había Comprado Nuestra Tierra. *Alexandra Potemkin y la lanzadera espacial al planeta Z* era mi favorito con mucho. También era el favorito de Rufus, creo, porque echaba como un litro de babas por cada capítulo que le leía.

Me cosquillearon los dedos al pensar que tenía que abrir el libro y leer esas palabras haciendo que mi voz fuera alta y baja, áspera y suave, igual que hacía en mi habitación. Las piernas me temblaban como si estuviera en medio de una ventisca y el estómago me daba una voltereta hacia delante y otra hacia atrás, y otra hacia adelante y otra hacia atrás, al pensar en toda esa gente que me miraba y se disponía a escucharme.

Cerré los ojos, puse la mano derecha sobre el libro y la pasé con suavidad por la cubierta. Era fría y lisa como una piedra del fondo del arroyo, y me tranquilizó. Aquí dentro hay otro mundo, me dije, y quiero entrar en él.

Abrí el libro y me dispuse a leer el título, pero sentí que todos me miraban y me agobié tanto que me faltó el aire. Mi boca emitió pequeños pitidos, como gorjeos de pajarito recién nacido:

—*Alexandra Potemkin y la lanzadera espacial al planeta Z.*

La señorita W., con los ojos aún cerrados, se inclinó y me susurró:

—Tienes que leer más alto, cariño, para que te oigan todos.

—Sí, señorita —murmuré. Respiré hondo, llené mi estómago de aire y después hice que mis músculos lo aprovecharan para llevar a mi garganta una gran ráfaga de viento que expulsé por la boca:

—Capítulo Uno —grité a voz en cuello. Tanto volumen me sobresaltó y pegué un respingo en la silla.

Pero no se rió nadie. Todos estaban atentos.

El libro trata sobre una chica que se llama Alexandra. Sus padres creen que es una chica difícil pero, en realidad, es un genio que ayuda al profesor Zelinski, científico también-genio, a explorar el lejano planeta Z. Alexandra se mete en algunos líos, porque es una persona pero que muy reconcentrada.

Al principio me daba pena toda esa gente que sólo miraba y escuchaba, pero a los pocos minutos dejé la clase y entré en la historia. Estaba en el laboratorio de Alexandra y me limitaba a decir en voz alta lo que la veía hacer o a explicar sus sensaciones. Dejé que mi voz contara lo que ella hacía, veía y sentía.

Y tenía tantas ganas de saber lo que pasaba a continuación que se me olvidó que leía. De repente, el capítulo terminó, y fue como si me arrancaran de un sueño, y no sabía ni dónde estaba. Miré a mi alrededor y me encontré sentada en un pupitre, con un libro frente a mí, con niños que me miraban atentamente y, poco a poco, recordé.

Le eché un vistazo a la señorita W., y ella sonrió y susurró:

—Muchas gracias, Ida. Ha sido precioso.

Le di el libro, y volvimos a la clase, y todo fue como antes, excepto que la señorita W. tuvo que escribir las instrucciones en la pizarra en vez de decirlas en voz alta.

En la hora de estudio, cuando fui al pupitre de Ronnie, él me miró a los ojos y dijo:

—Eres muy, muy buena, Ida.

Y esta vez me tocó a mí contemplarme los zapatos como si fueran a desaparecer si dejaba de mirarlos. Se me hizo un nudo en la garganta y apenas pude decir:

—Gracias.

Todo seguía igual, pero había algo diferente: la oleada de bienestar que sentía en el estómago y en los brazos y en las piernas y en la cabeza, y que no se me iba. Ni en el largo y asqueroso viaje en autobús a casa se me fue.

Capítulo 21

—¿Qué tal el colegio, Ida B? —me preguntaban mamá y papá todos los días, desde el primero, cuando llegaba de la escuela primaria Ernest B. Lawson.

Y todos los días yo contestaba:

—Bastante bien —pensando en las iniciales B.B., que también significaban: Brutalmente Bomitivo.

—¿Qué has hecho hoy?

Yo sólo les contaba los hechos, fríos y duros como mi corazón:

—He tenido clase de inglés, y de ciencias, y de gimnasia... —sin altos ni bajos ni nada sobre mí misma.

Todos los días pasaba igual, y era tan aburrido, tan viejo y tan seco como pan duro, y era increíble que me lo preguntaran una y otra vez.

Pasado un tiempo, sin embargo, se rindieron. Ya sólo decían:

—¿Qué tal, Ida?

—Bastante bien —farfullaba yo.

Y así pensaba seguir. No creía que hicieran falta más palabras para darles a entender que no tenía nada parecido a la alegría corriéndome por dentro.

Pero este día era diferente. El bienestar que me produjo leer esa novela en voz alta había crecido pasito a pasito durante la tarde, hasta convertirse en auténtica felicidad cuando llegué a casa. No hacía más que pensar en lo que había hecho y en cómo me había sentido, y la brillante calidez de mi interior era más grande, más fuerte y más resplandeciente a cada minuto que pasaba.

Mis piernas querían patinar por el sendero en vez de andar. Mi boca quería sonreír en vez de poner morros. Mis brazos querían abrazar en vez de apretar la mochila contra mi pecho como si fuera un escudo. Mi corazón estaba escandalizado.

Encima, a esa felicidad no le bastaba con quedarse dentro de mí. Quería ser compartida y no le importaba con quién, hasta con papá y mamá.

Me imaginaba la cena con ellos: incluso yo derramando toda clase de alegrías. Allí estaría, sonriendo y cotorreando, y a renglón seguido mamá y papá pensarían que había vuelto a ser la misma yo llena de vida de siempre, que ir al colegio era lo mejor que me había pasado y que quizá, al final, todo había salido bien.

Y eso era inaceptable.

No pensaba dejar que esa felicidad pusiera en peligro mi convencimiento de que, aunque de tarde en tarde pueden pasar cosas buenas en el mundo, en mi familia y en mi valle todo iba mal.

Por eso traté de librarme de parte de ella antes de la cena, contándoles a Rufus y a Lulú mi Aventura de Leer en Voz Alta. Los senté a los dos en mi cama y, mientras Lulú contemplaba a Rufus con profundo desdén, se lo conté todo. Dos coletazos de rabo de Rufus y un aburrido bostezo de Lulú no aquietaron en absoluto mi sentimiento.

Cuando me senté a cenar la felicidad me daba vueltas de campana en el estómago. Saltaba con deleite frente a la perspectiva de contarle a mamá y papá lo que había ocurrido. Rabiaba por decirles lo que me gustaba la señorita W. y los libros que me prestaba y, sobre todo, haber leído *Alexandra Potemkin y la lanzadera espacial al planeta Z*. Hasta quería comenzar a contarles sobre Ronnie.

Intenté desaparecer antes de que empezara a filtrárseme por los poros:

—No tengo hambre. ¿Podéis disculparme? —pregunté.

Papá, sin embargo, estaba preparado para estropearme el plan:

—Tienes que cenar, Ida B —dijo.

—Come un poquito, cariño —añadió mamá.

Bueno, en ese momento mi corazón latía fuertemente tratando de mantener la felicidad esa a raya, y perdía terreno a pasos agigantados.

Me di cuenta de que debía dejar salir un poco para ser capaz de tomar las riendas del resto y volver a controlar mis adentros.

Me concentré en las zanahorias, con el tenedor las puse en vertical, en horizontal, en zigzag; y solté una pizca de chispa de alegría:

—Hoy he leído un libro en voz alta —dije, luchando por mantener la voz baja y neutra.

Papá levantó la cabeza y me miró fijamente, como si no supiera qué hacer con el poquito de charla que le ofrecía.

—Oh, Ida B, ¿te ha gustado? —preguntó mamá, sonriéndome.

Subí y bajé la cabeza.

—¿Qué has leído? —continuó mamá.

—Sólo un libro sobre una chica —dije a las zanahorias.

—¿Ya lo conocías o era la primera vez que lo leías?

—Ya lo había leído.

—¿No te ha dado miedo leerlo frente a toda la clase, Ida B?

Me encogí de hombros, como si fuera un asunto tan intrascendente que ni me hubiera fijado:

—En realidad, no.

—¿Te ha gustado, nena? —preguntó mamá.

Y tan pronto como mamá lo dijo sentí otra vez la dichosa felicidad. Me invadió por completo, y no pude detener el aluvión de dicha:

—Sí —dije.

Entonces miré a mamá a los ojos, por primera vez desde algo así como una eternidad, y ella no me miró a mí, sino dentro de mí. Tiraba de mí con los ojos, como solía hacer. De improviso vi en esa mirada la luz que era el resplandor de mamá. No pude evitar sonreír a ese resplandor.

"Ten cuidado", me advirtió el corazón.

Pero me costaba mucho recordar que debía tener cuidado. Porque si sólo miraba sus ojos, en vez de su cabeza calva o su piel pálida, tenía claro que la parte de ella que para mí se había ido para siempre aún seguía allí, y resplandecía, muy adentro. Y la parte de mí que sabía lo bien que sentaba ser consolada y abrazada se sentía anhelante. Pero tener esos sentimientos también me daba miedo. Deseaba estar cerca de mamá y quererla. Pero sabía que las cosas seguían siendo terribles. Pero acostumbrarme a estar lejos de ella y a que no me gustara iba a ser demasiado duro...

"¡Basta ya!", dijo mi corazón, tan amablemente como pudo.

Volví a mirar al plato, alejándome del resplandor de mamá y, justo entonces, todo el dolor de los meses anteriores creció en mí y a mi alrededor.

Ataqué las zanahorias, las puse en forma de X, y la felicidad por fin se quedó quieta y callada.

—¿Me puedo ir ya? —pregunté.

—¿Seguro que quieres irte, Ida B? —preguntó mamá.

—Sí, mamá —dije a la mesa, y me deslicé quedamente de la silla, salí de la cocina y subí a mi habitación.

Y era raro, pero haberles dicho a los dos lo poco que les dije acabó siendo peor que si no hubiera dicho nada. Estar en la misma habitación y hablar unos con otros desde orillas opuestas del océano convertía lo mejor en lo más solitario. Extrañaba a mi antigua mamá, incluso a mi antiguo papá, más que nunca.

Capítulo 22

Aquel sábado los intrusos vinieron de visita. Estaba sentada en el porche y vi un coche desconocido, grande y blanco, bajar por la carretera y girar a la izquierda en la T para dirigirse al edificio en construcción.

Corrí por detrás de nuestra casa, por la base de la montaña y por el bosque hasta que estuve en frente de la casa a medio hacer. Trepé a un viejo arce llamado Norbert, que no me habló pero tampoco me dio la lata. Sus hojas me tapaban, así que allí me senté para mirar a la gente sin ser vista.

Ya habían salido del coche y contemplaban el exterior de la casa. Eran un papá, una mamá, un niño pequeño y una chica un poco más alta que yo, que me resultaba familiar.

Al principio caminaron todos juntos alrededor de la casa, y los padres iban diciendo cosas como:

—Oh, Ray, ¿quedará bien esto?

Y:

—Tenemos que decírselo al contratista.

Pero yo no les prestaba atención: miraba a la chica. Entonces ella se volvió y el sol le dio de lleno en la cara. Me tuve que agarrar con fuerza al árbol para no caerme cuando me percaté de quien era; porque era Claire, la de mi clase, la que me preguntó si quería jugar el primer día de colegio.

Los padres se encaminaron al lugar más apartado del terreno, y Claire y su hermano descubrieron la colina de tierra que había hecho el *bulldozer*. Corrieron hacia ella, treparon, y después comprobaron lo rápido que podían bajar sin caerse.

Se reían y miraban alrededor para ver qué otras diversiones había por allí, y los dos eran completamente felices.

Ninguno, estaba claro, sabía que esa tierra había sido de otros y que allí habían vivido árboles con nombres que habían sido cortados para que su casa fuese construida. Ninguno, estaba claro, sabía que la única razón por la que estaban allí era que mi mamá estaba enferma. Pero yo sí lo sabía.

Cuando se cansaron de la colina de tierra empezaron a mirar el campo y, enseguida, Claire divisó uno de mis carteles sobre un árbol.

—¡Mira esto! —le dijo al pequeño.

Los dos se acercaron corriendo, y ella lo leyó en voz alta:

—Se esperan tifones en la vecindad. Ratas de agua en abundancia.

—¿Qué es un tifón? —preguntó el niño.

—Es como un huracán, pero no creo que haya de esos por aquí.

Estudiaron mi cartel un par de minutos; después el pequeño señaló una parte y dijo:

—Esta rata es graciosa —y ambos soltaron risitas mirando mi rata de nariz puntiaguda y dientes de conejo.

Sentí que mi humor pasaba de hervir a fuego lento a estar a punto de ebullición.

—¡Eh, aquí hay otro! —gritó Claire, y ambos corrieron a mirarlo.

—Éste me gusta más —dijo él.

—A mí también. Es una serpiente estupenda.

—¿Y por aquí hay serpientes de verdad como ésa? —los ojos del niño se agrandaron y se preparó para pasar miedo.

—¡NO! —dijo ella entre risas—. Estos carteles son una broma; se supone que son divertidos.

—¡Ah! —dijo él, y se rió, también—. ¡Vamos a ver si hay más!

Y se fueron, como si estuvieran buscando un tesoro, pista tras pista, corriendo y riendo y pasándoselo en grande. Les gustaban mis carteles. Era como si les hubiera inventado un juego de Bienvenida al Barrio de los Juegos.

Pasé de estar a punto de ebullición al furioso estado de borbotea-de-tal-manera-que-la-tapadera-va-a-saltar-de-la-cazuela en menos de dos segundos.

Quizá penséis que al saber que esa chica estaba en mi clase y al recordar que fue amable conmigo, me calmaría o me suavizaría un poco. Pues no. Justo lo contrario. Por alguna razón, saber que esa chica era agradable, y que tenía amigos, y que le gustaba el colegio, y que tenía una mamá y un papá y un hermano, y que hacían cosas divertidas juntos, me puso como cien veces peor. Saber que era ella quien construía una nueva casa en mi tierra, quien había talado los árboles, quien deambulaba por mi valle... bueno, que me iba a dar algo. Y no me podía aguantar de ninguna manera ni podía quedarme quieta ni podía mantener la boca cerrada.

Ella y su hermano se acercaron a mi árbol, aún riéndose y hablando, y allí y entonces exploté, y no hubiera podido evitarlo aunque hubiera querido. Bajé de un salto haciendo aspavientos y gritando a pleno pulmón:

—¡ESTO NO ES PROPIEDAD VUESTRA! ¡FUERA! ¡AHORA!

Y allí me quedé de pie, con los brazos levantados como una barrera, enseñando los dientes con furia asesina.

Tal fue su sorpresa que saltaron, subieron los brazos, y sus ojos y sus bocas se transformaron en grandes Oes. El pequeño empezó a llorar y, durante un segundo, una parte de mí se sintió un poco mal.

Pero entonces mi nuevo corazón me dijo: "¡NO! ¡Los malos son ellos! ¡Los invasores son ellos! ¡No vamos a dejar que nos quiten nada más!". Y la parte de mí que se sentía un poco mal se calló por completo.

Bueno, parecía que nos íbamos a quedar allí de pie para los restos. Mis manos eran puños, tenía las rodillas dobladas y escuchaba mi propia respiración, fuerte y pesada como la de una bestia aterradora. No pensaba moverme a menos que fuera para atacar.

Por último, la cara de Claire cambió: su boca se relajó y sus ojos se empequeñecieron y se pusieron como tristes.

—¿Ida? —preguntó como un cervatillo, si los cervatillos hablaran, amable, dulce y un poco tímida. Como una mano extendida con la palma hacia arriba.

Y ahí estaba otra vez esa parte de mí, la parte que se había sentido un poco mal, pensando que podía meter baza: "Tómala, Ida —decía—. Toma esa mano extendida".

Pero mi corazón duro y frío no quería saber nada de sentimentalismos: "¡NO! —gritó—. ¡Que no entre nadie!".

Y mi cuerpo emitió un alarido, con la cara vuelta al cielo, el más fiero, el más terrorífico de los alaridos que había soltado en su vida:

—¡¡NO OS PERMITO QUE ENTRÉIS EN MI TIERRA!! ¡¡FUERA!!

Golpeé y corte el aire con los puños, como si rabiara por aporrear a alguien. Cuando abrí los ojos y los miré, el pequeño dio media vuelta y echó a correr. Estuvo a punto de caerse, porque sus cortas piernas no le permitían correr tan deprisa como quería. Y yo estuve a punto de reírme, porque estaba tan desquiciada como para hacerlo.

Pero Claire se quedó frente a mí, mirándome.

Yo le devolví la mirada, con los ojos como rendijas y la boca con expresión desdeñosa, y chillé:

—¡¿ Qué esperas?! ¡¿No me has oído?! ¡TU SITIO NO ESTÁ AQUÍ!

Ella me miró a los ojos, con esos ojos de cervatillo, llorando, en vez de marcharse como era su obligación. Empecé a pensar que tenía que tomar medidas drásticas y pronto, porque no podía quedarme allí echando miradas furibundas y dando resoplidos para siempre.

Pero antes de que se me ocurriera algo ella dijo, directamente a mis ojos y a mis adentros:

—Eres mala.

Se dio media vuelta y se marchó.

Me quedé donde estaba, con los puños apretados, respirando como un oso, preparándome para gruñirle toda clase de cosas: "¡Mala no, malísima!", o "¡tienes razón! ¡Más vale que no lo olvides!".

Pero justo en medio del pecho, donde se me había metido su mirada de cervatillo, sentí una opresión que me detuvo. "¡No soy mala, de verdad, vuelve!", quería decir esa parte blanda y ñoña de mi interior. Pero mi corazón de piedra tomó el mando: "¡ALTO!", gritó, y no hubo más debilidad ni tristeza. Sentir pena estaba prohibido. Yo era la Protectora del Valle, y no había lugar para sentimentalismos.

Al regresar a casa, cruzando el bosque y rodeando la montaña, cada uno de mis pasos era tremendo y sobrecogedor; la tierra temblaba. Cuando mi pie izquierdo golpeaba el suelo, decía:

—Yo... —y cuando lo hacía el pie derecho, afirmaba—: ...venceré.

Así que durante todo el camino a casa mis pasos golpearon rítmicamente esas palabras:

—Yo... venceré... Yo... venceré... Yo... venceré.

Capítulo 23

Aquella noche fui a cenar preparada para una buena trifulca. Después de mi victoria de la mañana me sentía bastante segura, y pensaba que estaba preparada para enfrentarme a mis más formidables enemigos: mamá y, en especial, papá.

Quizá las cosas no tenían vuelta de hoja y ya no podían ser como antes de que mamá se enfermara. Con total seguridad no había vuelta de hoja para los árboles talados; pero eso no significaba que no fuera útil que esos dos se sintieran culpables por la tristeza y la destrucción que ellos y sus decisiones completamente inaceptables y rompedoras de promesas habían traído sobre el valle y sobre mí; eso no quería decir que no pudiera demostrarles que aún quedaba alguien en aquel valle y en aquella casa que recordaba lo que estaba bien y lo que estaba mal, y que ese alguien era Ida B. Applewood.

Mi frío y duro corazón estaba en plena forma y no pensaba hacer prisioneros; enfermos, cansados o agobiados, menos. Sólo se aceptaba la rendición incondicional, que incluyera la promesa, firmada por ambas partes, válida para el infinito y más allá, de que las cosas iban a cambiar lo antes posible.

Lo escribí todo por la tarde y llevaba el documento en el bolsillo.

"Nosotros, los abajo firmantes —empezaba, porque había mirado como se ponía en la enciclopedia—, prometemos solemnemente que NO HABRÁ MÁS:
ventas de tierra,
tala de árboles,
muerte de cosas,
o envío de niños al colegio contra su voluntad.
DE APLICACIÓN INMEDIATA".

Había dejado espacio para nuestras firmas, y en la esquina inferior derecha figuraba el sello de Servicios Jurídicos Totalmente Justos y Siempre Inapelables de Ida B.

Había preparado también un discurso para mamá y papá, y me lo sabía de memoria. Empezaba así: "Os voy a decir algo a vosotros dos ahora mismo, así que es mejor que escuchéis atentamente...".

Una vez que tuviera su total y completa atención, continuaría con preguntas como: "¿Es que no os importa que haya cambiado todo por aquí, y haya ido, más cierto que recierto, un millón de miles de veces a peor? ¿Es que no veis que esos árboles que han cortado se han ido para siempre? ¿Es que no os importa ni media molécula que yo me sienta miserable?".

Pensaba acabar con un punzante bizqueo de través dirigido directamente a papá: "Tú decías que éramos los guardianes de la tierra —le diría—. Decías que se suponía que debíamos dejar las cosas mejor que al encontrarlas. No creo que esos árboles talados piensen que tú los has cuidado muy bien, ¿no?".

Entonces, cuando las lágrimas fluyeran y las disculpas llegaran y mamá y papá dijeran: "¿Qué podemos hacer, Ida B?, ¿qué crees tú que podemos hacer para arreglar las cosas?", yo me sacaría el documento del bolsillo.

Firmaríamos todos con mi bolígrafo rojo, símbolo de la sangre, aunque no fuera de verdad, y empezaríamos a trazar un plan para que las cosas volvieran a ser como debían.

*   *   *

Todavía escuchaba el "yo... venceré..." en mi cabeza cuando entré dando zapatazos en la cocina. Me senté y me serví, como de costumbre. Cuando todos estuvimos servidos, me aclaré la garganta para que desfilara por ella mi ejército de palabras. Puse las manos sobre la mesa, miré a esos dos que se sentaban frente a mí y abrí mucho la boca para soltar las palabras con fuerza y potencia.

Y mamá me interrumpió:

—Ida B, tu papá y yo tenemos que hablar contigo.

Mi boca continuó abierta, pero por la sorpresa y la indignación, porque no esperaba ser interrumpida.

—Ida B —dijo papá—, hemos estado pensando en el campo del sur. Lleva un tiempo en barbecho y puede ser un buen sitio para plantar algunos manzanos más.

—Hemos estado pensando que podemos limpiar y plantarlos los tres juntos, quizá esta primavera, cuando me sienta mejor —dijo mamá—. Y que tal vez te guste que sea tu huerto, nena. Sólo para ti. Serían tu tierra, tus árboles y tus manzanas. ¿Qué te parece, Ida B?

Bien, en primer lugar, cuando uno ha planeado tanto como lo había hecho yo, no se puede ir todo al garete porque otro hable primero. Y en segundo lugar, ya veía el plan que esos dos habían cocinado juntos y no pensaba probar ni un bocadito.

Los árboles nuevos no podían reemplazar a los cortados. Ser la propietaria de un Flamante-Nuevo-Recién-Estrenado Huerto de Ida B no iba a conseguir que me olvidara de Bernice, de Winston o de Jacques. Y darme un trozo de tierra y unos árboles que ni siquiera conocía no iba a borrar los Meses de Muerte, Destrucción y Amor que No Llegaba ni para Llenar una Taza de Té que había pasado.

En más o menos un minuto y cuarto mi cerebro transformó el largo discurso que le había llevado hacer toda la tarde en una frase que salió por mi boca, fuerte y alto:

—No se pueden borrar las cosas tan terribles que han pasado este año —dije.

Y pensé que eso sería todo, pero me sentó tan bien decirlo que continué:

—No podéis devolverme a Winston ni a Bernice, ni sobornarme con un huerto nuevo —dije, alzando la voz con cada palabra—. Y no podéis transformar todo lo malo en bueno con un trozo de tierra y algunos árboles recién plantados —mis manos señalaban y revoloteaban, y me las apañé para hacer de mis ojos las rendijas más malignas del mundo.

Después les dije lo más fuerte que se me ocurrió:

—¡¿Y cómo sé que no vais a vender también esa tierra?! —grité—. ¿Cómo sé que no dejaréis que corten esos árboles? Habéis faltado a vuestra palabra de un millón de formas diferentes al vender el huerto y mandarme al colegio. ¿Por qué voy a confiar en vosotros?

Y, como por la mañana, respiraba con pesadez y miraba con fiereza, y ellos me miraban fijamente, y yo no tenía ni la más remota idea de lo que iba a hacer a continuación.

Papá resolvió el dilema.

Estampó su tenedor contra la mesa con tal fuerza que ésta vibró y los vasos de leche se bambolearon y yo pegué un respingo. Sus manos eran puños, su cara estaba roja, y se podía ver circular la sangre, deprisa, deprisa, a través de las grandes venas que sobresalían de sus brazos y sus sienes.

Sin darme cuenta me enderecé, con las manos colgando a ambos lados de la silla, por si él decidía que ya no era necesaria mi presencia en esa habitación y me ayudaba a quitarme de en medio.

—Ida B —dijo entre dientes, sin mover los labios, mirando al plato pero dirigiéndose a mí.

Uy, uy, cuando alguien habla sin mover los labios no es buena señal. Retiré la silla un poquito y apunté los pies hacia la puerta, por si necesitaban echar a correr en esa dirección.

Papá respiró hondo. Podías oír cómo le entraba el aire por la nariz, y al echarlo entre los dientes sonaba a siseo. Respiró hondo una vez más, sin hacer tanto ruido. Su color pasó del morado oscuro al violeta intermedio. Continuó respirando hasta que el color de su cara llegó al rojo claro y después al rosa chillón; entonces me miró.

—Ida B —repitió, las manos ya extendidas sobre la mesa—. Desde que tu mamá cayó enferma a veces he estado tan angustiado que hubiera querido gritar hasta convertir la montaña en un montón de piedrecitas. Y a veces he estado tan triste que pensaba que si empezaba a llorar no pararía nunca —papá hizo una pausa, pero sólo para tomar más de esas bocanadas tranquilizantes—. A ninguno de nosotros nos gusta lo que ha pasado, Ida B, pero deberíamos intentar llevarlo lo mejor posible. Si estuviéramos siempre tristes y enfadados las cosas seguirían siendo iguales, pero nosotros nos sentiríamos mucho peor.

Volvió a mirar su plato, y mamá le puso la mano sobre el brazo y se lo frotó.

Apenas me había movido desde que papá estampó el tenedor. Estaba allí sentada como una estatua de mármol de santa Estresa, patrona de los Aterrados y Patidifusos: ojos y boca abiertos a más no poder, piernas y brazos temblequeantes, y demás cosas más tiesas que un bastón.

Por último mamá rompió el silencio:

—Sabemos que es difícil, cariño —dijo, mirándome a mí pero tocando a papá—. Quizá debimos hablar más sobre ello. Supongo que no lo hicimos porque todos estábamos demasiado pendientes de nuestros problemas y nuestras penas, y también porque pensamos que hablar de ello no te serviría de mucho.

Sonrió y me puso la palma de la mano sobre la mejilla, como si fuera una cuna para la cara.

—Siento que haya tenido que haber cambios tan duros, Ida B. Hemos hecho lo que nos parecía mejor, dadas las circunstancias.

Vaya, una parte de mí sabía que esas personas que eran mi mamá y mi papá intentaban hacer las cosas lo mejor posible. Esa parte de mí sabía que lo sentían: lo de los árboles, lo de la tierra, lo mío. Esa parte de mí sabía también que había algo llamado amor sentado al otro lado de la mesa, y que en ese mismo instante podía tener un abrazo si quería, y charla y consuelo y buenos sentimientos. Bastaba con que dijera: "De acuerdo", valdría incluso si lo susurraba.

Sin embargo, esa parte de mí era demasiado pequeña, y mi corazón la había obligado a esconderse detrás de mi rodilla izquierda, así que tenía difícil lo de hablar.

Pero mi frío y duro corazón sí habló, alto y claro: "¡No dejes entrar a esa gente otra vez!".

Así que miré de frente a mamá y papá, eché la silla hacia atrás y puse mil kilómetros de distancia entre nosotros.

Sin preguntar si podía retirarme, me levanté, di media vuelta, fui a mi habitación y cerré la puerta a cal y canto.

"¡Bien hecho! —dijo mi corazón—. Has vuelto a ganar".

Pero en mitad de la noche me despertó un terrible dolor detrás de la rodilla izquierda. Y me siguió doliendo todo el fin de semana.

Capítulo 24

Aunque ganes una batalla, mientras el enemigo siga teniendo un corazón que palpite y un cerebro que funcione, más vale que te prepares para el contraataque.

Por eso, durante el resto del fin de semana y el viaje en autobús al colegio del lunes, me preparé para Claire y su venganza. Claire era lista, tenía amigos y encontraría el modo, estaba segura, de devolvérmela por aterrorizarla a ella y a su hermano.

En fin, no necesito explicar lo que sucede cuando una chica popular y persuasiva, como Claire, decide tomarla con una chica solitaria, sin amigos con los que hablar y algo grosera, como yo, en un sitio como la escuela primaria Ernest B. Lawson. De lo lista y lo cruel que fuera Claire, y del dolor que creyera que yo podía aguantar, dependería la duración del periodo de sufrimiento y mortificación que me esperaba y que podía durar una semana o, quizá, el resto de mi vida.

Intenté imaginar todas y cada una de las cosas que podía hacerme Claire, especialmente las peores, las más insoportables, y calcular cómo eludir tanto dolor y humillación o, al menos, convencerme a mí misma de que no era para tanto.

"Te insultará", me advertí.

Entonces me la imaginé diciendo, frente a unos veinte niños más, algo así: "Olores como el de Ida traen el campo al colegio. ¿Das de comer a los cerdos o es que te revuelcas con ellos, Ida?".

Hice prácticas repitiéndome: "No me importa. No me importa que Claire diga que apesto frente a veinte niños. No me importa si todos se ríen de mí y me insultan".

En mi cabeza me veía dándome la vuelta y diciéndole, por encima del hombro: "Nosotros no tenemos cerdos, Claire".

Me la imaginé poniéndome la zancadilla, sin querer pero a propósito, mientras estábamos en fila para salir al recreo, de tal forma que todas las clases que salían y todas las clases que entraban me vieran despatarrada en el suelo, con brazos y piernas extendidos como una estrella de mar de cuatro patas, con sangre chorreando por rodillas y codos, y con un chichón del tamaño de una sandía creciendo en la frente.

"No me importa que la gente crea que soy una patosa", me aseguré a mí misma. Después me vi siendo muy cuidadosa y vigilando las partes sobresalientes de mi cuerpo estuviera donde estuviese.

Me figuré unas doscientas setenta y seis cosas diferentes que Claire podía hacerme y el modo de autoprotegerme contra la más completa y absoluta degradación en los doscientos setenta y seis casos.

Nadie, pensé, me iba a pillar desprevenida.

Cuando entré en clase el lunes mantuve la cabeza bien alta, como si no hubiera pasado nada, pero eché un vistazo de reojo por toda la habitación, tipo dragaminas, en busca de Claire la Vengadora.

La divisé en su pupitre y en ese momento los rabillos de nuestros ojos se encontraron, se trabaron, registraron que el enemigo no estaba a tiro y se separaron. Me dirigí a mi pupitre. Comprobé discretamente que mi asiento no tuviera objetos metálicos afilados, que el interior de la mesa no contuviera chicle mascado, gusanos o verduras podridas. Nada.

Me senté y dediqué un ojo y medio cerebro a la señorita W.; concentré el otro ojo y la mitad más fuerte y calculadora de mi cerebro a la observación de Claire.

La primera mitad de la mañana transcurrió sin incidentes y sin indicios de represalias.

Claire no me hacía burla ni me señalaba mientras susurraba a sus amigos. Lo único distinto era que no me miraba. Su cara siempre apuntaba hacia otro lado, como si yo fuera el lugar de un accidente truculento al que no quisiera echar ni un vistazo.

Hacia las diez y media decidí que se reservaba la paliza para el recreo, donde la supervisión de los adultos es mínima, puede congregarse rápidamente una turba y hay muchos utensilios para hacer daño. Usé el resto de la mañana para dibujar un mapa del patio y planear múltiples rutas de escape.

El lugar más seguro seguían siendo los escalones. Si me sentaba un poco más cerca del suelo podía levantarme y salir corriendo a izquierda, derecha o de frente o, si me daba tiempo de abrir la puerta, podía desaparecer en el interior del edificio.

La señorita W. hizo acto de presencia, como de costumbre, pero casi no la vi ni la oí; no le quitaba ojo a Claire mediante mi visión periférica.

Entonces Ronnie se me puso delante y por centésima vez me preguntó si quería jugar al balón prisionero. Por centésima vez le contesté:

—No, Ronnie, gracias.

En aquel momento, en vez de susurrar para que nadie me oyera hablar con alguien de forma amistosa, lo dije bien alto, porque estaba muerta de preocupación. Ronnie se percató del cambio.

—¿Qué estás haciendo? —preguntó.

—Nada —dije irritada.

—Estás haciendo algo.

Bueno, si hubiera tenido intención de contarle algo a alguien, cosa que no pensaba hacer, ese alguien hubiera sido Ronnie. Pero si sólo le contaba una parte, como: "Estoy vigilando a Claire", tendría que decirle muchas más cosas grandes y medianas, como por qué la vigilaba y qué había pasado el fin de semana. Y no estaba preparada para hablarle a Ronnie de esa parte de mí.

Me limité a decir:

—Ahora no, Ronnie.

Me miró con bastante rabia un momento y después se marchó.

Supuse que era mejor tener a Ronnie un poco mosca que tenerme a mí muy herida y degradada por bajar la guardia tres segundos y cuarto.

Claire jugueteó conmigo durante el recreo fingiendo que no iba a hacerme nada. Al volver a clase estaba tan cansada de vigilar y planear, que lo único que quería era apoyar la cabeza en el pupitre y echar un sueñecito. Sin embargo, supuse que un momento de fatiga o debilidad por mi parte era la invitación que Claire necesitaba para hacerme el daño que tuviera pensado hacer. Así que me sujeté la cabeza con el brazo, me pellizqué bien fuerte unas ocho veces, con retorcimiento incluido una vez, y permanecí despierta durante el resto de la tarde sin reacción de Claire.

Su paciencia empezaba a poder conmigo.

Claire no intentó pillarme por sorpresa el martes, ni el miércoles, ni el jueves, ni el viernes. Estaba exhausta de tanto vigilar, esperar y planificar, y ella no daba señales de tomar algo.

Sí tenía que pasarme algún papel, ni lo arrugaba ni lo tiraba al suelo; lo colocaba sobre mi pupitre mientras miraba al cuarto de los abrigos. No escribía mensajes sobre mí en las paredes del baño, ni me dejaba cosas pegajosas en los bolsillos de la chaqueta, ni había hecho que su madre llamara a la mía y le contara lo que había pasado. Yo estaba hecha un lío.

La verdad es que quería que Claire se vengara. Quería que demostrara, a mí y a mamá y a papá y a la señorita Washington y al resto del universo, que se merecía un poco de trato horripilante y más. Yo quería que me recordaran, a menudo y claramente, que el mundo necesitaba protegerse de gente como Claire, y que me necesitaba a mí para protegerlo.

Claire no cooperaba lo más mínimo.

Capítulo 25

Había una pequeña idea que trataba de llamarme la atención, y cada día que pasaba lo intentaba con más ahínco, aunque la mayor parte del tiempo yo me negaba a hacerle el menor caso; pero esperó a que bajara la guardia y se deslizó al frente de mi cerebro. Entonces empezó con preguntitas pretendidamente amistosas sobre nada en particular tipo: "¿Y si Claire no es tan malvada ni tan repugnante como tú crees, Ida B?".

Si escuchaba a esa idea y le daba el menor crédito, seguiría haciendo preguntas peores que esas que simplemente molestan. "¿Y si —preguntaría— cuando aterrorizaste a Claire y a su hermano gritaste a quien no debías, cosas que no debías y en el momento en que no debías, Ida B?" o "¿y si resulta que no fuiste una heroína conquistadora, justa, grande y fuerte ese sábado en el bosque? ¿Y si ésta vez has ido demasiado lejos?".

Y si no cortaba aquello de raíz allí mismo, me dispararía la más gorda, a pesar de que yo no querría que lo hiciera: "Ida B —diría—, ¿y si Claire tenía razón y la mala eres tú?".

Decidí no responder a esa pregunta en particular en ese momento en particular.

Sin embargo, desear que un pensamiento desaparezca no te libra de él. Y ese pensamiento era listo. Se escondía y guardaba silencio, pero estaba preparado para atacar en cualquier momento. Saltaría sobre mí cuando fuera más vulnerable.

La señorita Washington dijo que le había gustado la idea del lector invitado y les dio a otros niños, incluso al Coco-Sabiondo-Número-Uno, la oportunidad de leer. A mí también me gustaba pero porque sabía que algún día volvería a tocarme el turno, y estaba rabiando por leer otra vez. Eso no se lo dije.

Un martes, como una semana y media después de mi intento de salvar al valle de la invasión, la señorita W. me dijo:

—Es tu turno, Ida. ¿Quieres leer el siguiente capítulo de nuestro libro?

Pensaba responder lo que tenía preparado hacía mucho: "Vale", pensaba decir, para no parecer demasiado ansiosa y, al mismo tiempo, no dejar lugar a dudas respecto a mi dedicación.

Era lo que había decidido, lo que mi boca deseaba decir, lo que mi cuerpo quería hacer. Pero lo que hizo mi cerebro fue esto: pensar en Claire.

Y pensó en la magia que se crea cuando una historia se cuenta como es debido, y que al que escucha no sólo le gusta la historia, sino quien la cuenta. Como me gustó a mí la señorita Washington, a mi pesar, la primera vez que la oí. Cuando oyes a alguien leer bien una historia piensas que tiene algo bueno dentro, no puedes evitarlo, aunque no lo conozcas.

Y supuse que lo mismo podía aplicarse a mí. Todos esos niños que no me conocían, y la misma señorita Washington, que no me conocía nada de nada, pensaron quizá cosas decentes de mí sólo porque leí alto y bajo, suave y fuerte, despacio y deprisa. Sólo porque di un poquito de vida a la historia para ellos.

Pero yo sabía que allí había alguien que conocía una parte de mí que nadie más había visto. Estaría sentada, escuchando cómo mi voz empezaba y se detenía, se suavizaba y se agitaba, y no quedaría impresionada. No iba a creer que era buena sólo porque sabía contar una historia.

"Yo sé cómo es la verdadera Ida —diría—, es cruel y egoísta y amarga como un limón".

Claire sabía que yo era mala. Y de repente yo también lo supe.

Y supe que no podía leer aquel día. Alguien que tiene una fría roca por corazón y le gusta, alguien que no mira a la gente ni dice "gracias", que aterroriza a los niños sin importarle que lloren, que no siente más que indiferencia si el mundo entero solloza porque así por lo menos saben lo que se siente... Aunque hubiera podido pronunciar las palabras y hacerlas dulces o amargas, largas o cortas, altas o bajas, todo lo que hubiera escuchado dentro de mi cabeza hubiera sido: "Eres mala". Y sabía que no podría soportarlo.

—No puedo. No me encuentro bien —le dije a la señorita W.

—¿Estás segura?

—Sí, señorita —dije a mis pies, porque no podía mirarla a los ojos.

La señorita W. me puso la mano en el brazo.

—Otra vez será, Ida.

—Sí, señorita —susurré.

Me pesaba tanto la cabeza que tuve que apoyarla sobre el pupitre, sentía tanto frío que tuve que envolverme con los brazos. Mis ojos estaban tan cansados que tuve que cerrarlos muy fuerte, para ver sólo la negrura de su interior.

Leyó Patricia, y yo agradecí el sonido de su voz en la tristeza. Más que las palabras, fue su voz lo que me consoló.

Capítulo 26

El miércoles, durante el recreo, la señorita W. se sentó a mi lado en los escalones, como de costumbre. Y como de costumbre me preguntó:

—¿Quieres hablar de algo, Ida?

—No, señorita —dije sin pensar, porque era lo habitual.

Y, a Dios gracias, la señorita W. siempre se quedaba unos minutos extras. Porque si no hablaba pronto con alguien, todo lo que me había guardado dentro iba a abrirse paso a golpes, aullando y reventando mis tripas para respirar un poco de aire y encontrar un oyente. Quedarían trocitos gritones de Ida B estampados contra las ventanas, pegoteados en el pelo de los preescolares, esparcidos en los sándwiches que supuestamente no debíamos comer en el patio.

—¿Señorita Washington? —dije.

—Sí, Ida.

Las dos mirábamos al frente, como para que nadie pensara que hablábamos.

—¿Ha hecho alguna vez algo que en ese momento le pareció bien, pero que después le pareció más bien mal?

La señorita Washington estaba a la espera. Como dejándome mucho tiempo para que terminara, por si se me ocurría algo importante que decir.

—Sí, Ida, lo he hecho —dijo al cabo de un rato.

Y ambas dejamos que el consuelo que eso suponía me hiciera efecto.

Entonces pregunté:

—¿Ha hecho alguna vez algo porque estaba realmente desesperada, tan desesperada y tan triste que tenía que hacerlo para intentar que las cosas fueran mejor, y parecía perfecto cuando lo hizo pero después le pareció un poco mal?

Ésta vez la señorita W. esperó incluso más. Pero en ese momento, en vez de pensar que esperaba, pensé que quizá se había dado cuenta de que no quería estar sentada cerca de alguien como yo.

—Sí, lo he hecho —dijo por fin, y cuando eché una miradita a su cara, de reojo, me pareció triste.

Entonces fui yo quien hizo una pausa, porque iba a soltar lo gordo y tenía miedo de decirlo en voz alta, porque si lo hacía alguien de este mundo lo escucharía y, al saberlo alguien, sería real. En mis tripas sonaba aún un estruendo, así que tenía que decirlo o el patio se llenaría de confetis rodantes de carne y hueso de Ida B.

—¿Ha hecho alguna vez algo porque estaba tan furiosa y tan disgustada que hervía por dentro y tenía que hacerlo, y parecía bien cuando lo hizo, pero poco después no le pareció tan bien? Y por lo que hizo, bueno, la... la... —ahora era real, tan real como la casa azul que había cruzando la calle; ni siquiera veía a la señorita W. por el rabillo del ojo— ...la gente lloró y pensó que era mala.

La voz se me atrancaba y se me quebraba, así que descansé un segundo.

—Y, en realidad, no quería hacerle daño a nadie —continué, un poco más despacio—. Sólo quería que dejaran de pasar cosas malas.

Respiré hondo y me miré los zapatos, y todo lo que debía ser dicho salió a trompicones:

—Y después de hacerlo no se lo cuentas a nadie, y luego te sientes como un fregadero atascado que rebosa agua sucia y pelos y bigotes de gato, y sabes que, si alguien no usa pronto un desatascador, esa agua asquerosa va a inundarlo todo.

Vaya, era la pregunta más larga que había hecho en mi vida, y me llevó un minuto recuperar el resuello. Tan pronto como dije esas palabras me sentí mejor de lo que me había sentido en mucho tiempo. El espacio que en mi pecho solía ocupar el corazón estaba más cálido y un poco más lleno. Y me gustaba.

Pero también me daba miedo lo que la señorita W. pudiera pensar de mí, y esperé a que dijera algo. Mientras, la miraba de reojo muy preocupada.

Vi cómo ponía los codos sobre las rodillas. Después juntó las manos como si se abrazaran la una a la otra. Inclinó la cabeza y arrastró un pie adelante y atrás, como Ronnie.

—Ida —dijo, lenta y oscura como el agua del fondo de un río—. He hecho algo muy parecido a eso.

Bueno, me alivió tanto que la señorita W. lo entendiera y continuara sentada a mi lado, que de repente sentí que mi corazón era ligero y libre, y que se elevaba y me llevaba con él.

Sin embargo, sólo me separé cinco centímetros del suelo y volví a aterrizar de golpe sobre el cemento. Porque cuando miré a la señorita W. del todo, ella miraba la casa azul, y su cara estaba cansada y triste, y parecía que había envejecido diez años en diez segundos. Estaba recordando, y yo también recordé.

La tristeza volvió y supe que, si no decía algo, las dos nos engancharíamos a ella hasta por lo menos el final del recreo o, quizá, para siempre.

—¿Y qué hizo después? —pregunté.

La señorita W. miró sus manos entrelazadas, como pensando que si pudiera abrirlas encontraría la respuesta.

—Bueno, Ida —dijo bajito, con calma y con seguridad, como con el conocimiento más profundo—. Tuve que decir "lo siento".

Y eso fue todo.

Ninguna dijo nada más durante el recreo. Ella se quedó sentada, y ambas miramos al frente, parpadeando de vez en cuando, y dejé que lo que había dicho me llegara al corazón y se quedara allí. Un par de minutos más tarde salió una paz de aquel lugar que se coló por todos los rincones de mi cuerpo, y hasta la cabeza sentí más ligera y un poco mareada. Cuando sonó la campana, las dos dimos un respingo.

La señorita W. puso las manos sobre las rodillas y se levantó.

—Bueno —dijo—, vamos a entrar.

—Sí, señorita —contesté, levantándome también; las dos mirando aún al frente.

Al volver a clase ella se adelantó un poco. Sentí en la cara la brisa que levantaba su cuerpo, y olí mantequilla de cacahuete y flores de verano.

Capítulo 27

Empecé a hacer planes de inmediato.

Pensaba disculparme, por supuesto, pero manteniendo el propósito de evitar cualquier daño o humillación pública en la escuela primaria Ernest B. Lawson.

Eso significaba rapidez. Eso significaba que no hubiera amigos ni compañeros ni profesores ni padres ni hermanos ni cajeras de supermercado en los alrededores o lo bastante cerca como para oír. Eso significaba tener múltiples vías de escape y planes de reserva.

Bueno, digamos que Claire podía responder al "lo siento" de un millón de formas diferentes. Y digamos que el cincuenta por ciento de esas respuestas podían ser de las amables, tipo: "Vale, Ida. No pasa nada". Bien, de esos cientos y cientos de respuestas amistosas, cordiales o lisa y llanamente tolerantes que Claire podía darme, sólo se me ocurrían tres. Y no creía que me las fuera a dar.

Sin embargo, no tenía ninguna dificultad en imaginarme las malas, o sea, las acompañadas por risotadas de multitudes, partes del cuerpo desaparecidas, o cosas podridas y hediondas metidas entre mis objetos personales.

"Eres una víbora, Ida Applewood —escuchaba decir a Claire frente a una muchedumbre de cientos de personas—. Una víbora viscosa, envidiosa y siniestra. Vuelve arrastrándote a tu agujero y trágate unos cuantos ratones rellenos de gusanos con alguna enfermedad mortal para que te la peguen y se te ponga la piel verde y reseca, y se te hinchen los ojos y te exploten, y la sufras de la forma más dolorosa y horrorosa que haya".

No, no tenía ninguna dificultad para pensar en las malas. Y dado que la mayoría de ellas incluía alguna clase de completa y horrible degradación frente a grandes grupos de niños y adultos, mi primera prioridad era maquinar un modo de quedarme a solas con Claire.

Pero en el colegio nunca te quedas sola. Nunca excepto durante un par de segundos, quizá. En clase seguro que no, en el patio tampoco, ni en la oficina, ni en el auditorio, ni en el gimnasio. Hasta en el baño había casi siempre algún pequeñajo de primer curso con su vejiga pequeñaja que necesitaba entrar justo cuando ibas a entrar tú.

Sólo el cuarto del conserje garantizaba cierta privacidad, pero para utilizarlo había que robar una llave, secuestrar a Claire, cerrar la puerta sin cortarle la aullante cabeza, convencerla de algún modo de que no contara nada o no me diera una paliza y encajarle una disculpa de propina. Todo en menos de cinco minutos.

Después de considerar cuidadosamente mis opciones decidí que lo mejor era el baño. Sólo podían entrar dos personas a la vez. Si me las apañaba para que esas dos personas fuéramos por casualidad Claire y yo, y si por casualidad en ese momento las personas de vejigas-reducidas estaban en el gimnasio o en el comedor, conseguiría pasar un instante a solas con ella. Lo suficiente para soltarle un rápido "lo siento".

Junto al lavabo o, mejor aún, desde uno de los servicios, cuando ella ocupara el otro, diría, con mampara de metal de por medio:

"¿Claire?".

"¿Quién eres?".

"Ida".

"¿Qué quieres?".

"Siento lo que pasó el otro día en el bosque".

Y ya está. Si quería dar un portazo, tirar de la cadena hasta inundar el servicio o escupir a la mampara, no era asunto mío. Yo habría hecho lo que debía y me volvería a clase.

Capítulo 28

Si vas a interceptar a alguien en el baño tienes, por lo menos, dos ocasiones al día: una por la mañana y otra por la tarde.

El jueves por la mañana Claire me dio esquinazo. Estábamos en medio de un descanso, es decir, cuando podemos andar por clase sin pedir permiso. Por eso, en vez de levantar la mano y preguntar, fue directamente a la mesa de la señorita W., le dijo algo y salió por la puerta. Cuando me di cuenta de lo que pasaba, Judy Stouterbaden había pedido permiso también, y ya éramos demasiadas.

La mañana fue una pérdida de tiempo. Me concentré en la tarde.

Después de la comida, durante la hora de silencio para leer, tan pronto como vi en alto la mano de Claire levanté la mía, agitándola un poco para que se viera bien.

—Sí, Claire —dijo la señorita W.

—¿Tenemos que leer todo el libro o sólo el capítulo que hemos empezado?

Esa no era la pregunta que me esperaba. Bajé el brazo de golpe y metí rápidamente la mano en el pupitre para que la señorita W. se olvidara de ella.

—Todo, Claire —contestó la señorita. Entonces me miró a mí—. ¿Quieres algo, Ida?

Vaya, si decía "no", una avispada Claire se imaginaría que pasaba algo raro, y eso no era conveniente. Pero no había previsto ese giro en los acontecimientos, y dije lo único que se me ocurrió:

—Mmmm, me estaba preguntando en qué curso se aprende a deletrear "berenjenal".

Veinte cabezas se volvieron a contemplar a la persona que había hecho semejante pregunta. Veinte cerebros empezaron a transformar tal pregunta en una burla que hiciera época. Veinte cuerpos, estaba convencida, se preparaban para saltar sobre mí en cuanto saliera por la puerta a las tres en punto. Mis esfuerzos para evitar la humillación pública habían sido en vano.

La señorita W. sonrió y dijo:

—No creo que "berenjenal" esté en ninguna lista en particular, Ida. ¿Por qué?

Paralizada, con la cara roja como un tomate, conmocionada por lo que había hecho, no pude articular palabra. La señorita W., a Dios gracias, no insistió.

Todavía en estado de shock, ni siquiera noté que, dos minutos más tarde, Claire levantó la mano, hizo otra pregunta y salió de clase. Estaba empezando a recuperar algo parecido al funcionamiento normal cuando la vi entrar. Y lentamente me percaté de lo ocurrido: mi última oportunidad del jueves para alcanzar mi objetivo se había evaporado a las 2.12 de la tarde.

El viernes, donde iba Claire iba yo, como a ocho pasos y medio por detrás. Mientras ella curioseaba los libros de las estanterías, yo afilaba mi lápiz hasta dejarlo reducido a una mina con goma. Cada vez que se dirigía a la mesa de la señorita W., yo me colocaba en posición de velocista en la línea de salida: piernas dobladas, la derecha por delante, pies listos para trotar, brazos listos para bracear.

A las 10.27 la señorita W. preguntó:

—Ida, ¿puedes llevar estos papeles a la oficina, por favor?

Vaya, qué oportuna. Mi cuerpo desfalleció y le dedicó una pose que decía: "¡¿Lo tengo que hacer?!", pero sin palabras.

—Ida, por favor.

Tendió su brazo hacia mí con los papeles en la mano y volvió a inclinar la cabeza sobre su trabajo.

En cuanto salí al pasillo corrí tan rápido como pude, reduje la velocidad tres metros antes de llegar a la oficina, solté los papeles y volví a clase echando el bofe. Entré, casi me descoyunté el cuello de tantos giros de cabeza para buscar a Claire y, lo que me temía, había salido.

Sentí una brisa muy ligera a mi espalda, me di la vuelta, y allí estaba: regresaba de su visita mañanera al baño.

No volvió a ir en toda la tarde. Vigilé y esperé, pero ella esperó más.

Veinte minutos antes de acabar las clases me percaté de que era yo quién necesitaba ir. Malo, malo. Al estar tan pendiente de Claire, no había notado la presión que iba en aumento, y no había manera de soportarla hasta llegar a casa, con los botes y brincos que pegaba sobre los baches el autobús ese.

La señorita W. me dio luz verde, señal de salida inmediata que no puede esperar. Me arrastré hasta el baño sin levantar casi los pies del suelo para no balancearme demasiado, hice lo que necesitaba hacer, abrí la puerta del servicio sintiéndome cien por cien mejor y salí disparada.

Claire DeLuna estaba justo enfrente de mí, con los brazos cruzados, apoyada sobre el lavabo. Me miró a la cara, me estaba esperando, a solas: ni más ni menos lo que yo había intentado hacer durante toda la semana. Si hubiera estado un poco menos impresionada habría dado la vuelta y me habría encerrado en el servicio, pero estaba petrificada. Era la Estatua del Asombro, la Venus de la Estupefacción.

Me había pisado el plan.

—¿Por qué me sigues? —preguntó.

Mi boca, que colgaba abierta en su totalidad, se cerró por sí sola un segundo, después se rindió y se limitó a quedarse colgando.

—¿Quieres hacerme daño otra vez? —continuó.

Bueno, había estado tan concentrada en intentar pillarla a solas, y estaba tan atónita por su inteligencia superior y su sospecha de que la seguía para hacerle algo malo, que fui incapaz de recordar lo que quería decirle.

Mientras me quedaba allí con los brazos en alto, la cabeza cabeceando y la boca balbuceando "yo... yo... yo...", Claire dio media vuelta y se marchó.

Al cruzar la puerta gritó:

—¡Déjame en paz!

Estupendo. Una semana de planificación y duro esfuerzo, y en lugar de arreglar algo lo había empeorado todo.

Llovió por la tarde y por la noche. Era de esa clase de lluvia que pincha cuando te cae sobre la piel. Mejor que mejor.

Capítulo 29

El sábado por la mañana me senté en el porche, sin esperar nada, sin ganas de hacer nada. Rufus se tendió a mi lado, con la esperanza de que me dedicara a algo más que a sufrir. Pero se cansó y se fue por su cuenta, dejando un pequeño mar de babas en el lugar que había ocupado.

Cuando estaba a punto de irme a la cama con la intención de volver a empezar el día por la tarde, vi al gran coche blanco bajar por la carretera y girar a la izquierda en la T; entonces, de sopetón, supe lo que debía hacer.

Sin planes. Sin esquemas para mínimos sufrimientos y humillaciones. Directa al grano.

En cuanto el coche blanco desapareció por el camino de los DeLuna, me levanté, atravesé el campo y rodeé la montaña.

Pasé por el huerto mirando al frente, sin entretenerme pero tampoco corriendo, como si fuera camino del enfrentamiento final. Cierto, ellos eran muchos y yo era una sola, y quizá no regresara a casa de una pieza, pero pensaba aceptar de buen grado lo que me tocara en suerte porque iba a hacer lo correcto.

Me paré justo en el límite del territorio de los DeLuna y, al traspasar la frontera invisible, respiré hondo.

Y allí estaba Claire, un poco más adelante, mirándome, esperando. Su mamá y su hermano pequeño estaban agachados al lado de la casa, plantando pequeños arbustos.

Tac... tac... tac... era el único sonido que emitían esta vez mis zapatos mientras me acercaba a Claire, con los brazos separados del cuerpo y las palmas hacia arriba, para que supiera que no iba a pelear, aunque ella considerara necesario someterme a tormentos y torturas.

La madre de Claire me divisó y se puso en pie, quitándose la tierra de las manos y vigilándome mientras me acercaba a su hija. Entonces no quedamos en el mundo más que ella y yo.

—Claire —dije, obligándome a mirarla a los ojos—. Siento haberte asustado en el bosque. Siento haberme portado mal contigo. En el colegio te seguía para disculparme. Yo... Yo... —otra vez lo mismo, balbuceando de nuevo. ¿Debería contarle lo de mamá, lo de los árboles, lo del colegio y todo lo demás? Y, si lo hacía, ¿por dónde empezaba?

Entonces pensé en la señorita W. y supe que en realidad no importaba.

—Lo siento mucho —dije.

A veces, en primavera, hay días en los que a ratos brilla y calienta el sol y a ratos el cielo está cubierto de nubes negras. Te pasas el día preguntándote: "¿Lloverá o no lloverá?". A esos días me recordó la cara de Claire. Tenía de todo, pero no ocurría nada, ni en un sentido ni en otro. No podía quedarme allí pendiente de lo que pasaba porque tenía que hacer algo más.

Miré a su hermano pequeño; abrazaba la pierna de su mamá, y noté que me tenía miedo. Pensaba que era un monstruo, justo lo que yo había querido que pensara.

—Siento haberte asustado —dije—. No volveré a hacerlo nunca más. Te lo prometo.

Él también se quedó mirándome con fijeza. Si no hubiera sabido lo que sabía, habría pensado que estaban arreglando la boca a todos los miembros de la familia.

Era demasiado difícil quedarse allí esperando a ver si se decidían a decirme algo, y no estaba muy segura de poder soportar lo que tuvieran que decir, así que me di la vuelta y empecé a andar.

Me preparé para un ataque por la espalda de los DeLuna y pensé que cuando mamá y papá me encontraran, aferrándome a un hilillo de vida, mis últimas palabras serían:

"Convertid la tierra en un parque, enseñadle a Rufus modales bucales y dadle a Lulú todos sus caprichos. Por favor".

Pero llegué al límite de la propiedad sin sufrir el menor daño ni escuchar ningún grito y, cuando lo crucé, me sentí mejor. Como si el corazón me pesara más y menos al mismo tiempo.

Capítulo 30

Disculparse es como hacer limpieza. Al principio no quieres hacerla, pero hay algo en tu interior, o alguien en tu exterior, que se pone las manos en las caderas y dice:

—Ya es hora de arreglar las cosas —y no hay quien se libre.

Sin embargo, una vez que has empezado te das cuenta de que no puedes limpiar sólo una habitación; tienes que limpiar la casa entera si no quieres ir arrastrando el polvo de un sitio a otro. En ese momento la tarea empieza a parecer pero que muy, muy dura, y lo que te apetece es dejarlo para después de Navidad, o más. Pero alguien o algo te dice:

—Continúa. Ya casi has acabado. No lo dejes ahora.

Entonces, de improviso, terminas. Lo has pasado muy mal y no te gustaría tener que repetirlo en tu vida, pero es así como bonito ver todo limpio y ordenado. Y casi te alegras de haberlo hecho. Más o menos.

Por eso dormí bien el sábado por la noche pero, cuando me desperté el domingo, supe que aún no había acabado.

Salí de casa, fui hasta el centro del huerto y respiré hondo. Me temblaban las piernas, porque los árboles y yo no llevábamos mucho tiempo sin hablar, y no sabía lo furiosos que estarían. Había un montón, y algunos eran groseros, como ya sabéis.

—Siento no haber podido proteger a vuestros amigos. Siento no haber podido salvar a Winston, Philomena y los demás —empecé—. Papá dice que vamos plantar más árboles en el campo del sur, y ya sé que eso no arregla nada, pero lo haremos.

Sabía que esa parte no ayudaría y que incluso podían utilizarla para hacerme daño pero, por alguna razón, quería que supieran que mamá y papá lo sentían.

—Yo también los echo de menos —dije.

Pues qué bien, un montón de árboles, cientos de ellos, y ni uno solo decía ni pío. Estaba empezando a pensar que mis disculpas provocaban mudez, y que tenía que probarlo con Emma Aaronson la próxima vez que sacara el tema de lo buena que era y del lugar que le habían reservado los ángeles en el paraíso.

Si alguna vez habéis hablado a un grupo de gente, y ese grupo de gente son vuestros mejores amigos y actúan como si no os conocieran, como si ni siquiera estuvierais allí, entonces sabréis la soledad que se siente. Supongo que estaba al límite de mis fuerzas respecto a sentirme mal conmigo misma, y sola, y harta de todo en general, porque me senté en el suelo y me eché a llorar.

Y ya que los árboles no me hablaban y que además, supuse, no iban a ir a ninguna parte, se lo conté todo. Dejé que saliera por primera vez. Les conté lo de mamá y el bulto, lo de la señorita Myers y mi nombre, lo que les había hecho a los niños DeLuna, lo que había dicho a mamá y papá. Y cómo les extrañaba a ellos, los árboles, y que ya me figuraba que estaban enfadados conmigo, y que ya me temía que iba a ocurrir algo así y que por eso no había ido antes.

Cuando acabé continuó el silencio. Sentí durante un minuto ese miedo terrible que tienes a veces al pensar que quizá no vuelvas a encontrar a nadie a quien le guste tu compañía.

Pero entonces Viola, la más amable del grupo, susurró:

—También nosotros te extrañábamos, Ida B.

Y Maurice, como el cuarto más simpático, dijo:

—Nos alegramos de volver a verte, Ida B.

Y en aquel momento mi corazón rebosó felicidad.

Entonces, el liante de Paulie T. dijo:

—Yo sigo enfadado, y no te creas que me voy a olvidar de esto, Ida B. Y tampoco tengo muy claro lo de perdonar.

—¡Oh, Paulie T.! —protestó Viola.

Pero me sentía mucho mejor, podía entendérmelas con Paulie T. yo sola:

—¿Piensas guardarme rencor por los siglos de los siglos? —pregunté.

—Ni idea —contestó, tan gamberro como siempre.

—Vale, Paulie T. —le dije—. Pero si quieres hablar yo estoy dispuesta a escuchar.

Charlé un poco con los más agradables, y fue como en los viejos tiempos. Porque, a veces, hablar con un amigo, aunque lleves mucho tiempo sin verlo y al principio te resulte raro y violento y no sepas qué decir, puede ser lo mejor del mundo.

Ya había pasado, con mucho, la hora de irme, aunque tenía que hacer otras paradas en la Avenida de la Expiación de Ida B. Casi había salido del huerto cuando me di cuenta de que tenía que decirles otra cosa.

Me di la vuelta para que me vieran la cara.

—No dejaré que vuelva a pasar nunca más —aseguré—. Nunca más, os lo prometo.

Y me encaminé al arroyo.

En cuanto me vio comenzó a hacerme tal cantidad de preguntas que fui incapaz de seguirle:

—¿Dónde has estado, Ida B? ¿Qué has estado haciendo? ¿Por qué no has venido? ¿Qué te ha pasado?

Y entonces empezó a repetirse, así que le interrumpí:

—Siento no haber venido —dije—. He estado ocupada y triste, sé que no es excusa, pero te he echado de menos y he vuelto, así que no te preocupes.

Después de eso tuve que marcharme, porque el arroyo puede tenerte un día entero escuchando, y yo debía ir a un sitio más.

Cuando llegué a la cima de la montaña me aclaré la garganta.

—Hola —dije. Me quedé frente al árbol anciano, la espalda recta, las manos enlazadas por delante—. Tiene buen aspecto. ¿Cómo le ha ido? —pregunté, para empezar de un modo cordial.

Pero al árbol anciano no le interesa demasiado la charla insustancial, así que seguí con lo mío:

—Siento haber sido grosera. Siento haberle faltado al respeto. Usted tenía razón, más o menos, porque todo ha salido bien, no perfecto, pero bien. Me enfadé con usted y lo siento.

Tales palabras no le hicieron el menor efecto; porque le estaba diciendo lo correcto, no lo verdadero; porque hice algo que estuvo mal y no quería admitirlo, ni siquiera quería pensar en ello: no le di patadas para asustarlo, se las di para hacerle daño, y a mí me costaría mucho perdonar a alguien que me hubiera hecho eso.

Me acerqué a él y dije callandito:

—Es difícil.

Me saltaba el corazón en el pecho de tal manera que lo oía en los oídos y lo tocaba en los dedos. Cerré los ojos, respiré hondo y me llené los pulmones con la brisa del valle. Después la dejé salir, lentamente, para que volviera a sus viajes llevando consigo una chispa de mí.

—Siento haberle dado patadas. Siento haber sido mala. No sabe cuánto lo siento —dije entre las ramas del viejo tronco.

Y no supe que más decir, así que me quedé allí mucho tiempo. No esperaba que me contestara, sólo quería estar con él; porque sentaba bien.

Se había levantado algo de viento allá arriba, pero el resto estaba en silencio. Y, al cabo de un rato, yo también me quedé tranquila y en paz.

Me volví a sentir sola, pero no de una forma desagradable. Sentía como si fuera a echar raíces y a quedarme allí en la cima de la montaña para siempre. Aunque el árbol anciano se fuera, tendría compañía, siempre.

Escuché un *hummm*. Procedía del árbol. Igual que cuando tú lo dices y sientes una vibración en los labios. Bueno, el *hum* del árbol hizo que todo mi cuerpo vibrara un poco.

Y, aunque no lo dijo con palabras, el árbol me dijo algo que mi corazón entendió. Era como una sonrisa. Si tuviera que expresarlo con palabras, si tuviera que contaros lo que ese árbol me dijo, diría esto:

—Siempre.

Aquella vibración y aquel *hum* rompieron los últimos trocitos de piedra de mi corazón, los que me quedaban sin yo saberlo, y me brotaron lágrimas de los ojos, pero no lloraba. Puse las yemas de los dedos de mi mano izquierda sobre el tronco de aquel árbol anciano y sentí la suave, gastada y cálida blancura.

—Yo también —dije.

Capítulo 31

Supuse que sería realmente bonito que al encontrarnos Claire y yo el lunes empezáramos a charlar y a jugar al balón prisionero y descubriéramos que éramos hermanas gemelas separadas al nacer y fuéramos las mejores amigas durante el resto de nuestras vidas, que viviríamos en casas vecinas. Pero no ocurrió.

Me pareció que me miraba más o que, por lo menos, no desviaba la vista al verme, y yo ya no la vigilaba de reojo. Incluso nos decíamos "hola", aunque sin nombres, cuando nos encontrábamos.

Lo bueno era que ya no me sentía mal al verla. Todavía lamentaba lo que había hecho, pero no creía que debieran torturarme o atormentarme por ello. Si Claire quería hacerlo era asunto suyo, pero yo no lo buscaba.

En el recreo, la señorita W. se sentó conmigo en los escalones, como siempre.

—¿Quieres que hablemos de algo, Ida? —preguntó, tal como siempre.

—No, señorita —contesté. Pero esta vez la miré a la cara y le sonreí.

Ella me miró a los ojos, como para comprobar que esa sonrisa había echado raíces en mi interior.

—Muy bien —dijo; sonrió y se fue.

$$* \qquad * \qquad *$$

—¿Quieres jugar al balón prisionero, Ida? —me preguntó Ronnie por ciento decimocuarta vez el martes posterior al Fin de Semana de Disculpas de Ida B.

En fin, no sé por qué hay gente como Ronnie que no se da nunca por vencida, especialmente con gente como yo, a la que se le da tan bien decir que no. Siempre me preguntaba si la parte de su cerebro a la que le había costado tanto aprender las tablas de multiplicar tenía también problemas para aceptar un "no" por respuesta. Mamá diría que es perseverante, y muchos días yo consideraba esa cualidad suya una pesadez. Ese día sin embargo agradecí su perseverancia, a mi pesar. Pero no podía volverme agradable de golpe y porrazo.

—¿Quién está jugando?

—Pues, casi todo el mundo. ¿Los ves?

—¿En qué equipo voy a estar?

—En el mío, si quieres.

—¿Se puede botar el balón? —sabía que no se podía, porque había mirado jugar a esos niños durante semanas, pero fingía sopesar cuidadosamente mis opciones.

—No.

—Si no me gusta, ¿puedo dejarlo después del primer partido?

—Claro.

—¿Qué pasa si el balón bota en mi pie y en el suelo al mismo tiempo? ¿Me echan?

—No sé.

Increíble. He aquí otro aspecto de Ronnie y esa cualidad suya. A esas alturas la mayoría de la gente estaría hasta el gorro de mí y de mis preguntas y se marcharía. Pero Ronnie se enganchaba y podía conmigo. Me dejó sin preguntas.

—De acuerdo —dije, tratando de disimular la emoción.

Y Ronnie es tan inteligente en ciertos aspectos que no demostró sorpresa ni felicidad. Al dirigirnos hacia los jugadores, se limitó a ponerse a mi lado, sin acercarse mucho.

Y ella me sacó a la primera, Tina Poleetie digo, porque no había jugado al balón prisionero en mi vida, supongo. O porque me pasó algo cuando me vi allí en medio, y me quedé como un pasmarote mirando cómo se me venía encima el balón sin hacer nada. Me arreó en la tripa y cayó al suelo, y Tina gritó:

—¡Eliminada!

Fui a sentarme al borde del campo hasta que terminó el partido.

Pero la segunda vez lo hice mejor, y al acabar el recreo me creía capaz de llegar a ser una jugadora de balón prisionero de gran fama y destreza.

Capítulo 32

El viernes por la noche después de cenar, papá se fue a trabajar en el granero, y mamá y yo nos pusimos a lavar los platos.

Mamá lavaba despacio y yo secaba más despacio todavía, como para darle a la vajilla la ocasión de hablar si quería. Mamá puso un plato a escurrir para que yo lo secara y se quedó quieta. Yo sequé el plato y lo volví a secar, para estar ocupada hasta que me llegara otro.

—Ida B —dijo mamá.

—Sí, ma —contesté, sacando brillo al plato que estaba entre nosotras.

—Alguna vez... —empezó. Entonces se detuvo, como si no supiera cómo continuar.

—¿Qué, mamá? —dije, mientras estudiaba el dibujo del plato como si lo memorizara para un examen.

—Ida B —volvió a intentar—, alguna vez... —y entonces giró su cuerpo hacia el mío.

Bueno, fue como si el cuerpo de mamá fuera un imán que obligara al mío a volverse hacia ella, y mis ojos sólo pudieron mirar lo que hacían los suyos.

Mamá estaba allí, tan cerca que la piel me cosquilleaba como si esperara ser tocada. Esta mamá era distinta de la antigua: era más lenta y más callada y, hasta cuando se reía, había una tristeza en torno a su boca que no se iba nunca. Pero mis adentros la conocían. Y sus ojos tenían el resplandor de siempre, más brillante de lo que había sido en mucho tiempo, y sonreían, y eran maravillosos.

—Cariño, alguna vez —dijo, suave como pisadas sobre nieve recién caída— me gustaría escuchar esa historia que estás leyendo en el colegio.

Miró hacia abajo y tomó aliento. Después se me acercó.

—¿Querrás leérmela alguna vez, nena?

Un espacio de silencio se interpuso entre nosotras.

En fin, sabía que era yo quien debía cruzarlo pero, aunque mamá estaba allí mismo, el espacio que nos separaba me parecía horrorosamente grande, y cruzarlo era como una aventura peligrosa. Empecé a pensar que necesitaba tiempo y planes para no resultar herida.

Sin embargo, mi nuevo viejo gran y repleto corazón me dijo que si me limitaba a dar el primer paso, sin pensármelo dos veces, llegaría en un segundo al otro lado. Así que eso hice:

—De acuerdo, mamá.

Mamá sonrió, dio media vuelta y comenzó a lavar otra vez. Dejé el plato aquel y me preparé para recibir el siguiente.

Y el resplandor recorrió la habitación y nos envolvió, primero a una, luego a otra y, por último, a las dos juntas.

Cuando estábamos acabando, entró papá. Bebió un vaso de agua, miró por la ventana del fregadero, caminó alrededor de la mesa, volvió a mirar por la ventana, se aclaró la garganta y dijo:

—Hace buena noche.

—Mmmm —contestó mamá, y le tocó el brazo cuando pasó por su lado para dirigirse a la silla grande.

Papá siguió mirando fijamente por la ventana, como si buscara algo allí fuera de la mayor importancia. Entonces se aclaró la garganta otra vez y dijo:

—Ida B, vamos a dar un paseo.

Bueno, no estaba a solas con papá desde hacía una eternidad. Y me puse nerviosa, porque la última vez que habíamos tenido una charla entre nosotros me comunicó que iban a vender la tierra y que yo volvía al colegio, y las cosas no habían ido precisamente bien desde entonces. Pero aún sentía la cálida seguridad del rato que había pasado con mamá, así que dije:

—De acuerdo.

Miré a mamá y le pregunté:

—Ma, ¿quieres venir? —pensando que podía suavizar una chispa el encuentro.

Pero ella sonrió desde su asiento y dijo:

—Estoy cansada, nena. Id vosotros.

Así que llamamos al Rey de Babaslandia y allá fuimos, y los únicos sonidos que hicieron las bocas durante buena parte del camino fueron los jadeos y los sorbetones de Rufus.

Cuando llegamos al final del huerto, papá miró a las estrellas, respiró hondo y dijo:

—Somos los guardianes de la tierra, Ida B.

Vaya, tengo que confesar lo siguiente: después de las cosas terribles que habían pasado y tenido lugar ese año, más bien me sorprendió que papá me volviera a decir eso. En realidad me sorprendió tanto que hasta mis pies se hicieron un lío y se pisaron el uno al otro. Estuve en un tris de volar por los aires de camino a un no demasiado amistoso encuentro con el terreno y unas cuantos pedruscos de buen tamaño y bordes afilados; pero, antes de irme de cabeza al suelo, papá me pescó por la espalda de la blusa, tiró de mí hasta ponerme derecha y en tierra firme sobre mis pies. Entonces se plantó ante mí, me miró a los ojos y preguntó:

—¿Estás bien?

Papá y yo no habíamos pasado mucho tiempo que digamos mirándonos a los ojos desde hacía mucho tiempo, y pensé que ver los ojos del otro era para los dos una especie de shock que nos dejó fascinados. Así que nos quedamos mirando de hito en hito, un poco avergonzados y como pasmados, durante un minuto o así.

Y ninguno pronunció una sola palabra, pero hubiera jurado que oía hablar a mi papá. Como hablan los árboles ancianos. No con palabras, sino con un sentimiento que va directo al corazón. Pero si tuviera que expresar ese sentimiento con palabras, diría que decía:

—Lo siento.

Bien, papá era una caja de sorpresas. Y ésta fue tan impresionante que pensé que me iba a caer de nuevo, hacia atrás esta vez, para variar. Pero la tristeza y la sinceridad de sus ojos me mantuvieron de pie, derecha y callada, unida a ellos.

Y entonces le respondí con otro mensaje. No con palabras, sino con un sentimiento. Pero dejé que mi cuerpo le mostrara lo que mi corazón sentía, sólo para que no se lo perdiera o por si no le quedaba claro: le puse la mano en el hombro y miré sus ojos tan profunda e intensamente como pude, hasta que estuve segura de que la pena que tenían dentro me prestaba atención. Entonces asentí con la cabeza, dos veces. Y eso fue todo.

—De acuerdo —dijo papá mientras se ponía de pie, se sacudía los pantalones que no tenían tierra y daba la vuelta para regresar.

Comenzamos a andar, con Rufus abriendo camino, para dirigimos a casa. Al llegar al límite del huerto me paré y dije:

—¿papá?

Él se detuvo.

—¿Sí, Ida B?

—Creo que la tierra también cuida de nosotros.

Él se frotó la barbilla y pareció considerar el asunto, aunque no durante tanto tiempo como la última vez que mantuvimos esa conversación.

—Creo que tienes razón, Ida B —le dijo al cielo y a las estrellas y al valle, y seguimos camino a casa.

Mientras andábamos, escuché los árboles a nuestra espalda, con sus *hum* de asentimiento:

—*Mmm-humm.*

Y sentí que hacían algo parecido a mover las cabezas arriba y abajo, si tuvieran cabezas que mover.

Miré a lo alto de la montaña y vi cómo resplandecía el árbol anciano: tenía dentro la luz de la luna, y de pronto volví a sentirme llena, tanto que el corazón se me puso en la garganta. Y pensé cómo podía aquello llegar hasta ti, salido de quién sabe dónde, y que si no fuera un sentimiento tan hermoso, casi daría miedo. Era como si dentro de tu cuerpo hubiera más amor y pensamientos buenos y cosas poderosas de las que un cuerpo puede contener.

—Ahora mismo entro —le dije a papá al subir los escalones del porche.

—De acuerdo, Ida B.

Y me senté allí a mirar la tierra y la montaña y los árboles y las estrellas que no eran míos, en absoluto, que nunca lo serían. Pero que en cierto modo me pertenecían, y yo no podía imaginarme sin pertenecerles a ellos. Quizá dicho con palabras no tenga sentido, pero para mí sí lo tuvo aquella noche.

—Buenas noches —susurré.

—Buenas noches, Ida B —me contestó el calmo coro traído por la brisa.

Nos importa la salud de este planeta y de sus habitantes. Por ello la primera edición de este libro fue impresa al 100% en papel reciclado (lo que significa que no sé taló ningún árbol para fabricar el papel de este libro), y ese papel fue procesado sin cloruros (porque si se usa clorina para blanquear el papel, se originan productos tóxicos llamados dioxinas y furanos que pueden afectar a personas y animales).

Para obtener más información sobre papel reciclado, visita la página de Internet: www.greenpressinitiative.org

Agradecimientos

Quiero dar mis más sinceras gracias a:

Mi padre y mi madre, que me criaron, siempre, con libros;

Mi tía "Doreen", que los completó con canciones e historias de lo más originales;

Carol Creighton y Mary Jo Pfeifer, las mejores profesoras del mundo;

Kate DiCamillo, Alison McGhee y Holly McGhee, las más maravillosas lectoras y editoras, que creyeron en mí y en mi libro;

Lynn Lanning, RN, OCN, por sus pacientes instrucciones y consejos;

Steve Geck y toda la gente de Grennwillow Books y HarperCollins Children's Books, que han cuidado de *Ida B* de forma extraordinaria;

Catherine Dempsey y Angela Hannigan, abuelas y tocayas, por los regalos de contar historias y de una voluntad firme e indomable;

Victor Clark, por escuchar una vez, y otra, y otra, y otra más, con amor, constante.